EMMANUEL VIAU

Tessa et Lomfor
Le Lac des Sans-Ame

www.editionsfleurus.com

Les aventures de Tessa et Lomfor

La chute du royaume d'Emeryn prive la jeune princesse Tessa de ses parents et marque, pour elle et ses sujets, le début d'un long exil. Guidés par Ôk le sage dragon, Larania la magicienne et Lomfor, le puissant guerrier, ceux qui désormais se surnomment les Voyageurs partent en quête d'une nouvelle terre où s'installer.

Après avoir erré deux années sur les mers, les rescapés du royaume accostent, à la fin de l'été, une plage inconnue et apparemment déserte. Mais ce continent leur réserve bien des surprises…

Dans le silence et l'humidité de la terre, dans l'obscurité de la roche, il veille.

Qui peut dire son âge ? S'il est né, ce devait être sous les pâles lueurs d'étoiles étrangères à ce monde, quand celui-ci n'était encore que vapeur et gaz.

Son arrivée ici fut une deuxième naissance pour la région qui l'accueillit alors. L'impact de sa chute souffla les volcans alentour, modela le sol en montagnes et en vallées, déplaça le lit des cours d'eau et modifia le climat.

Affaibli, il s'enfouit dans la terre et dans une quasi-somnolence, tandis que le monde grandissait, insouciant, jusqu'à se remplir de vie.

Aujourd'hui, ce qui s'agite au-dessus de lui, rocs, herbe, êtres avec ou sans pattes, pluie et vent ne sont que rêves fugaces.

C'est aussi sa nourriture.

Chapitre 1

Un Nain dans la boue ■ Une princesse sous la pluie ■ Le chant du barbare ■ L'espoir d'un peuple et les doutes d'un chef

Un cri rauque précéda un grand bruit d'éclaboussures. Un juron rageur retentit aussitôt, suivi d'un cliquetis métallique : Brunhof venait de saisir son épée.

– Espèce de Nain maladroit, tu as vu mes vêtements ! Tu n'as donc pas les yeux en face des trous ? Veux-tu que je t'apprenne à marcher droit ?

À ses pieds, pataugeant lamentablement dans une profonde mare de boue, Rhâakzi, le fier guerrier nain, tentait de se relever, après une glissade qui avait projeté une belle giclée d'eau sale sur le chevalier. Trempé, la barbe dégoulinante et le regard noir, Rhâakzi dit d'une voix lente :

– C'est la dernière fois, Brunhof, que ta bouche nauséabonde me parle sur ce ton.

Celui-ci éclata d'un rire méchant :

– Pourquoi ? Tu vas me chatouiller les chevilles avec ta hache ? Il faudrait pour cela que tu évites de te noyer dans une flaque de vase !

Le Nain, hors de lui, lâcha une bordée d'injures ; il n'avait pas réussi à se redresser mais avait brandi son arme. Les choses se seraient envenimées si Lomfor n'était pas intervenu. D'une main, il prit Brunhof par le cou et le tira en arrière : la poigne du barbare était telle que le chevalier dut se hisser sur la pointe des pieds pour ne pas avoir la nuque brisée. Lomfor le fit pivoter et colla son visage au sien.

– Brunhof, tu nous lasses vraiment. Tu vas présenter tes excuses à Rhâakzi et l'aider à sortir de là, sinon…

L'autre ne cilla pas et répondit froidement :
– Très bien. Je le ferai. Mais uniquement parce que tu es le plus fort, barbare.

Il s'exécuta de mauvaise grâce et extirpa Rhâakzi de la vase en maugréant de vagues excuses. Puis bousculant l'attroupement qui s'était formé, Brunhof redescendit le long de la colonne pour se placer juste derrière le dernier chariot.

Les Voyageurs reprirent leur chemin, la mine sombre. Tessa, qui avait assisté à la scène, hocha tristement la tête.

Il pleuvait et cela durait depuis des jours.

Le ciel déroulait inlassablement un épais tapis de nuages sombres et gris, poussé par un vent froid venu de l'Océan qui frappait les Voyageurs dans le dos. La seule satisfaction – piètre, certes – que Tessa ressentait était que cette pluie, persistante et monotone, masquait un peu la morosité du paysage environnant : des collines recouvertes d'une terre noire, sur lesquelles poussait une folle végétation de ronces, de buissons hostiles et d'arbrisseaux aux branches effeuillées et rabougries.

Il pleuvait et les Voyageurs étaient glacés jusqu'à l'âme. Terre, air et ciel, tout n'était qu'eau : impossible dans ces conditions d'entretenir ou même d'allumer un feu… Un feu, des vêtements secs et une tasse de thé chaud accompagnée de pain et de fromage… C'étaient là, pour le moment, les souhaits les plus chers de la jeune fille.

Pour la énième fois depuis le début de la journée, Tessa passa la main dans ses cheveux pour chasser les gouttes qui lui tombaient dans les yeux. Elle grelottait, mais s'obstinait à marcher fièrement aux côtés de Lomfor : le corps imposant du grand barbare la protégeait des rafales de vent. Surtout, elle ne pouvait se résoudre à voyager dans l'un des trois chariots qui transportaient les vivres, la nourriture et les enfants ; la princesse devait être un exemple pour son peuple. Derrière eux deux venaient Rhâakzi ainsi qu'Elmin, le druide aux yeux étranges. Ôk le dragon et Larania la magicienne, véritables guides des Voyageurs, marchaient au milieu du cortège formé par une troupe hétéroclite de femmes, d'hommes et d'enfants. Elfes, Nains, humains et autres animaux mythiques : ils n'étaient guère plus d'une centaine, réchappés d'une guerre qui les avait chassés de leur continent.

« Oui… » pensa Tessa en se retournant pour regarder ses compagnons peinant dans la brume et dans la boue. « Nous ne sommes que des êtres errants, sans foyer. La nourriture et le sommeil nous manquent, la vision d'une cheminée fumante nous serait plus précieuse qu'un coffre empli de joyaux. Mais nous avançons, et chaque pas nous rapproche du moment où, enfin, nous trouverons ce lieu, ce pays, cette forêt ou cette montagne où nous construirons nos maisons. » Les mots de Ôk résonnaient toujours dans le cœur de la princesse : « Nous ne sommes pas des fugitifs. Nous sommes les Voyageurs et qu'importent le temps et le relief, nous passons, nous traversons. Bientôt, nous nous arrêterons. »

Poussés par leur volonté, les Voyageurs subissaient la pluie, la fatigue et la famine en souffrant, sans jamais se plaindre.

Le temps pressait pourtant. Tessa sentait venir – et elle n'était pas la seule – les signes avant-coureurs d'une lassitude qui finirait par semer le trouble et la contestation au sein de leur groupe : l'incident entre le Nain et le chevalier en était le plus bel exemple. Mais cela se lisait aussi sur les visages au petit matin lorsqu'il fallait lever le camp sans avoir bénéficié de la chaleur d'un feu, lorsque les hommes rentraient d'une chasse peu fructueuse ou que le soir, l'on tentait de s'endormir sans s'être lavé ni restauré. Les Voyageurs ne chantaient plus et les quelques paroles qu'ils échangeaient dans la journée étaient teintées d'amertume.

– Tu te serais vraiment battu avec lui ? demanda la princesse à Lomfor.

Seul l'immense barbare semblait insensible au déluge ambiant : il marchait d'un pas sûr en chantonnant, exposant les tatouages vivants de son torse nu à la pluie froide.

– Oui, répondit-il. S'il ne peut contenir les élans de son esprit torturé, qu'il aille seul. Qu'il nous quitte, s'il le faut.

Brunhof revenait souvent dans les conversations qu'avaient Tessa, Lomfor, Ôk et Larania. Depuis qu'ils avaient débarqué sur ce Nouveau Continent, depuis qu'ils avaient échappé aux Gobelins et traversé le grand fleuve, le chevalier avait changé du tout au tout : d'un guerrier courageux, optimiste jusqu'à la naïveté, il était devenu rusé, mesquin, fielleux. Il ne parlait plus qu'à lui-même et quand il s'adressait à l'un des Voyageurs, c'était pour se moquer de lui ou l'agresser, comme il l'avait fait avec Rhâakzi.

Tessa soupira : pour rien au monde, elle n'aurait voulu voir une bagarre éclater entre Lomfor et Brunhof ni même entre aucun des Voyageurs.

Lomfor reprit sa mélopée dans cette langue que la princesse pensait être celle de son pays. La jeune fille lui avait demandé quelle était cette contrée et ce que signifiaient ces chants. Chaque fois, le barbare secouait la tête d'un air désolé en s'excusant : « Même à toi, je ne peux le dire. » Il semblait alors à Tessa que les tatouages du guerrier frémissaient sur sa peau.

Lomfor était humain. Pourtant Tessa en dou-

Le Lac des Sans-Ame

tait parfois lorsqu'elle imaginait le peuple de son ami : « Sont-ils tous semblables à lui ? Est-il un géant ou un faible parmi les siens ? Pourquoi les a-t-il quittés ? Comment sont leurs maisons ? » Le seul indice que l'adolescente possédait sur les origines de Lomfor était cette mélodie lente et mélancolique. Elle lui suggérait de vastes paysages parcourus par des vents de glace, creusés de failles béantes et surmontés de montagnes noires et tranchantes. Ce dont Tessa était certaine, c'était que Lomfor se serait sacrifié pour elle ou pour n'importe quel autre Voyageur. Il l'avait vue naître, grandir. Jusqu'à ce jour où il lui avait sauvé la vie. Ce jour où furent massacrés ses parents et la quasi-totalité des habitants du royaume d'Emeryn. Une tragédie qui avait conduit les survivants vers ces terres désolées qu'ils traversaient à présent…

La journée s'écoula ainsi sous les brusques coups de vent chargés d'humidité, dans une humeur de plus en plus sombre. Le soir, lorsque l'obscurité fut complète, Larania usa de sa magie pour entourer ses compagnons d'un voile invisible qui les protégerait du froid et de la pluie. Elle le fit de mauvaise grâce, à la demande du vieux dragon qui sentait faiblir la résistance de la plupart des Voyageurs. La magicienne n'aimait pas exercer son talent, car cela lui coûtait beaucoup d'efforts alors qu'elle était déjà très lasse, mais aussi parce que celui-ci était limité. La protection qu'elle offrit ce soir-là à la troupe l'empêcherait pendant quelque temps d'user de sa magie. Même ainsi, ils dormirent mal et une fois encore, il n'y eut guère que Lomfor pour plonger dans un sommeil sans rêve.

Le lendemain, avant même que le jour se lève derrière l'imposante masse de nuages blêmes, le barbare fut le premier debout. Il prit sa fabuleuse hache à double tranchant et se mit à genoux dans la terre détrempée, tourné vers le soleil levant. Le guerrier inspira un grand coup et commença son entraînement rituel, comme chaque matin depuis toujours.

Les yeux fermés, la respiration profonde, il maniait la lourde arme, la faisant pivoter sur elle-même à la force de ses doigts. Ses poignets prenaient le relais, puis ses bras exécutaient d'impressionnants moulinets jusqu'à ce que l'air siffle autour de lui. La vitesse qu'il atteignait alors paraissait inouïe à qui l'observait.

Tessa avait assisté plusieurs fois à ce spectacle. Elle avait vu comment les tatouages prenaient vie, tels de fins serpents d'encre se faufilant le long de la musculature du guerrier. À la fin du cérémonial, tout le corps du barbare participait à un combat qui n'existait que dans son esprit.

Lorsqu'il eut terminé, Lomfor jeta un coup d'œil aux Voyageurs encore endormis, puis s'éclipsa en avant de leur route, avalé par le manteau de brouillard.

Il revint plus tard dans la matinée. La troupe s'était remise en marche depuis deux heures.

– Gardez espoir, compagnons ! leur cria-t-il d'une voix joyeuse. Nous ne sommes plus très loin de la civilisation. J'ai vu des maisons, là-bas, des gens, un village ! Et regardez les champs alentour !

Tessa, qui jusqu'ici avançait la tête baissée, remarqua effectivement que les ronces et les arbres dénudés qui étaient leur quotidien depuis de nombreux jours avaient fait place à une terre plus saine, remuée et travaillée en sillons. L'information se propagea tout au long de la troupe et atteignit Brunhof, qui fermait la marche. Le chevalier ricana une fois de plus. Ôk demanda à voix basse à Elmin s'ils avaient une chance d'être bien reçus en ces lieux. Le druide, seul parmi la compagnie à être originaire de ce continent, avait été accueilli par les Voyageurs, après qu'ils eurent affaire aux Gobelins de la côte. Le jeune homme haussa les épaules d'un air contrit.

— Hélas, je connais peu les terres que nous parcourons. C'est toi qui as décidé de la direction à prendre lorsque nous avons traversé le fleuve, il y a un mois de cela : « Le sud-est, disais-tu, le sud pour échapper aux pluies de l'automne. » Je ne puis te renseigner sur le village vers lequel nous nous dirigeons. Mais regarde-nous, compte-nous : à ton avis, des paysans ne risquent-ils pas d'appréhender notre venue ?

Le dragon ne releva pas le ton accusateur du druide. L'homme aux yeux d'or avait sans doute raison : de tranquilles villageois ne pouvaient qu'être troublés, voire effrayés par ce groupe d'une centaine de personnes, crottées et faméliques, dont certaines, à l'image de Lomfor ou Rhâakzi, arboraient hardiment de menaçantes armes de guerre. La magicienne prit Ôk à part.

— Je suis d'accord avec Elmin, Ôk. Mais nous devons faire une halte. Nous sommes épuisés. Une semaine encore à ce régime et nous commencerons à compter nos morts. Les enfants sont tous malades, les animaux ne donnent plus de lait et…

— Je le sais, magicienne, dit le dragon d'une voix inhabituellement sèche. Je le sais. Seulement, il est hors de question de nous présenter ainsi dans un village. Nous ressemblons trop à… à des envahisseurs.

— Des envahisseurs ! Dans l'état où nous sommes ! sourit Larania. Non, Ôk, tu te trompes. Au pire, ces gens nous prendront en pitié. Et à l'heure actuelle, nous ne pouvons refuser la pitié.

C'étaient des mots durs à entendre. Le vieux chef refusait de considérer que lui et les siens étaient des réfugiés, de malheureux fugitifs. Bien au contraire, il exhortait régulièrement les Voyageurs à marcher dignement comme des explorateurs, des pionniers.

Le dragon regarda Tessa, la princesse, trop jeune et trop fragile encore pour diriger son peuple. Il regarda Assim et ses frères elfes. À l'intérieur du chariot sur lequel il s'appuyait, il entendait des pleurs d'enfants. Il surprit les yeux implorants d'une mère. Ôk soupira. Tous, lui-même compris, avaient l'air si misérable ! Il tapota délicatement du bout de son aile l'épaule de la magicienne pour lui signifier qu'elle avait raison : la fierté viendrait plus tard. Pour l'instant, c'était leur survie qui était en jeu. Le dragon réunit sa troupe et prit la parole du ton pompeux qui était le sien lorsqu'il la haranguait :

— Mes amis, notre route nous conduit à rencontrer les habitants de ce pays. J'aurais souhaité que nous puissions les saluer d'égal à égal. Mais il s'avère que nous surgissons tels des vagabonds, les mains vides, sans rien à offrir et sans argent à dépenser. Nous n'avons que notre courage et notre volonté. Que cela soit suffisant pour qu'ils nous accueillent parmi eux comme des amis et non comme des mendiants...

Un rire mauvais s'éleva :

— Quelques coups d'épée les amèneraient peut-être à plus de considération, non ?

C'était Brunhof. Des murmures de reproche parcoururent la foule. Lomfor fronça les sourcils et s'approcha de lui.

— Allez, c'est bon, je plaisantais... ajouta Brunhof d'un ton léger.

Mais son regard était sinistre. Le dragon poursuivit son discours en leur expliquant qu'un petit groupe d'hommes, de femmes et d'enfants, sans combattants, se rendraient les premiers au village pour négocier un peu de nourriture et un lieu où passer la nuit.

Tessa, Elmin et Larania partirent en fin de matinée avec un chariot transportant une dizaine de Voyageurs. Les suivant des yeux, Lomfor dit à Ôk :

— Ils ne risquent rien ? N'aurais-je pas dû les accompagner ?

Le dragon sourit :

— Non, mon brave. Je crois même que ta présence envenimerait les choses. Tu es grand, robuste, armé. Les paysans penseraient aussitôt qu'on cherche à les intimider !

Le sourire du chef des Voyageurs s'effaça et il reprit d'une voix plus lasse :

— De toute façon, mes suppositions ne peuvent être que vaines puisque je ne connais pas les gens d'ici. C'est le premier village que nous croisons depuis notre débarquement : comment deviner les habitudes des habitants, leurs pensées ?

Puis, comme si Lomfor n'était pas là, le dragon se perdit dans ses réflexions, murmurant pour lui-même d'une voix étouffée :

— Qui suis-je pour prétendre conduire cette troupe ? Comment saurais-je le faire, moi qui ne suis ni un guerrier, ni un magicien, ni un explorateur ? Elmin a vu juste, c'est moi qui ai indiqué la direction à suivre. Ne suis-je pas en train de mener mes compagnons à une mort certaine ? Pourquoi ne laisserais-je pas le commandement à Larania, seule, ou même à Elmin, puisqu'il est ici sur ses terres…

Abasourdi, Lomfor regarda son chef s'éloigner. C'était la première fois qu'il voyait le vieux dragon douter. Depuis le début de leur exil, le barbare, comme tous les Voyageurs, s'était reposé sur les décisions, les conseils et les avis de cet ancien savant du royaume, versé dans la connaissance des étoiles. Ce dernier était devenu chef de la compagnie par la force des choses : Ôk s'était rarement trompé et lorsque cela était arrivé, il n'avait pas hésité à se remettre en cause pour retrouver le bon chemin.

Le désarroi de Ôk plongea Lomfor dans un profond trouble. « Nous marchons jusqu'au jour où nous nous arrêterons pour fonder notre propre cité. Larania et Ôk nous dirigent en attendant que Tessa se sente suffisamment forte pour assumer cette charge. Si un problème survient, notre intelligence et nos armes sont là pour le résoudre. » Ainsi fonctionnait le barbare. À l'idée que leur vie ne se déroulait pas de manière aussi simple, Lomfor se sentait désemparé. Une sourde angoisse naquit en lui, une émotion nouvelle pour le grand guerrier.

Quand le chariot de Tessa revint en milieu d'après-midi, ce sentiment s'accrut.

Chapitre 2

La colère des Voyageurs ■ Tessa prend la parole ■ La traversée du village ■ Provocations ■ Fuite dans le brouillard

— Ils nous ont chassés ! Ils nous ont lancé des fruits pourris ! Nous n'avons même pas pu leur adresser la parole !

Le récit de Larania glaça les Voyageurs plus encore que la pluie et le vent qui avaient repris après une brève accalmie. La voix de la magicienne, emplie d'une colère contenue, résonnait à leurs oreilles :

— Ils nous ont laissés entrer jusqu'à la place centrale en nous regardant froidement, puis tandis que nous descendions du chariot, leur milice a surgi en nous demandant de repartir d'où nous venions. Ils nous ont fait comprendre qu'ils n'avaient pas besoin de nous, avec des mots d'une dureté que je ne pensais pas être capable de supporter. Nous n'avons pas réagi pour autant : nous avons quitté le village sous un déluge d'insultes et de projectiles. Alors même qu'ils voyaient nos enfants pleurer !

Elmin le druide, blême, hochait la tête pour confirmer les propos de Larania. Tessa avait du mal à retenir ses larmes. Brunhof fut le premier à intervenir :

— Retournons là-bas ! Avec nous autres guerriers, ces rats apprendront à se tenir. Donnons-leur une correction !

La fureur du chevalier trouva un écho parmi quelques membres de la compagnie.

— Oui ! Allons-y ! Massacrons-les !

Ôk haussa le ton pour se faire entendre :

— Non ! Ne nous laissons pas entraîner sur ce terrain. Nous sommes des étrangers ici. Ils ne veulent pas de nous et ils n'ont mis aucune manière pour nous le signifier. C'est tout. Cela ne vaut pas la peine de provoquer une guerre.

— Pas la peine ? s'indigna une voix grave que le dragon reconnut comme celle d'Assim, un combattant elfe au caractère mesuré. Nous mourons de faim et de froid, ces villageois nous rejettent avec haine et tu estimes que cela ne mérite pas de réponse ? Brunhof a raison !

— Ne nous as-tu pas appris la fierté, dragon ? poursuivit Enethen, la Haute Comtesse. Où est-elle si nous nous laissons cracher dessus sans réagir ?

Effarée par la tournure que prenaient les événements, Larania tenta de soutenir Ôk.

– Certes, ils nous ont chassés et injuriés. Mais je suis de l'avis de Ôk. Une guerre n'arrangera rien. Notre réponse doit être le mépris. Partons et cherchons de l'aide ailleurs !

– Ailleurs ? Dans les champs de boue ? C'est la mort qui viendra nous aider, tu le sais, magicienne ! cria Brunhof.

Et de nouvelles clameurs fusèrent : dans leur grande majorité, les Voyageurs partageaient son avis.

– Que disent ceux qui n'ont pas encore parlé ? Lomfor, Tessa ? Rhâakzi ? demanda le chevalier, profitant du soutien de la foule. Et toi, druide, ne sommes-nous pas sur tes terres ? conclut-il, railleur.

Elmin se rangea aux côtés de Ôk : une guerre était impensable même si l'humiliation subie restait intolérable. Sans un mot ni un regard pour les uns ou pour les autres, Rhâakzi vint se placer auprès de Brunhof. Lomfor avait encore en tête les doutes exprimés par le dragon lorsque tous deux étaient seuls. Son cœur donnait raison à Brunhof. Mais il se refusait à aller contre l'avis de Ôk et de Larania. Désemparé de voir la contestation s'installer ainsi au sein de la troupe, le barbare ne dit rien.

Tessa, les yeux humides de larmes, était choquée par sa douloureuse expérience au village. Elle le fut plus encore après l'incroyable scène qui venait de se jouer. Les cris lancés contre leur chef lui étaient insupportables. Là-bas, en face d'elle, le vieux Ôk paraissait vaincu par le poids des années et par la vigueur de ceux qui le défiaient. Pendant toute la discussion, Tessa avait fait défiler dans son esprit les événements des dernières années. La guerre, la destruction de leur pays, la terrible traversée de la mer, l'attaque des Gobelins lors de leur débarquement… C'était grâce à Ôk que les Voyageurs étaient encore en vie aujourd'hui, et tous ou presque se liguaient contre lui ! Elle parla d'une voix froide et tranchante et, au début, nombreux furent ceux qui se méprirent sur le sens de ses paroles.

– Ce que j'ai vécu là-bas, ce que nous avons vécu… (et d'un geste, la princesse désigna ceux qui l'avaient accompagnée au village) était ignoble. Après ce que nous avons enduré ces temps-ci, ces misérables méritent en effet d'être remis à leur place.

L'assemblée des Voyageurs applaudit à tout rompre le discours de Tessa. Des épées furent brandies et leurs reflets mouillés scintillèrent par-dessus les têtes.

– Mais… (Tessa dut crier pour couvrir le tumulte) ce que je viens d'entendre est pire encore. Comment osez-vous ? Comment osez-vous vous opposer à ceux grâce à qui nous sommes vivants ?

La colère éclata enfin dans ses yeux et tous baissèrent le regard, sauf Brunhof et quelques guerriers.

– Vous comparez les villageois à des rats, mais dans ce cas, nous ne serions que des chiens à traiter Ôk de cette façon ! Lui et Larania nous ont-ils déjà fait défaut ? Sans eux, nous ne serions qu'une bande de gueux dépenaillés. Jusqu'ici, j'ai marché comme vous tous en souffrant de la faim, du froid et de la fatigue. Mais je gardais espoir et fierté dans mon cœur, en imaginant le moment où nous pourrions établir notre communauté sur une terre accueillante. Cela ne se fera pas en quelques jours ni sans pleurs. Je me rends compte maintenant que l'espoir que je place dans mon peuple est vain. À vous écouter tous, nous devrions déclarer la guerre, mettre la campagne à feu et à sang, nous servir librement partout où nous passons ? Nous ne serions donc que des mercenaires et des voleurs sans foi ni loi ? Honte à vous, si c'est ce que vous croyez ! N'oubliez pas d'où nous venons !

Elle s'interrompit à la fois pour reprendre son souffle et parce qu'elle était stupéfaite par les mots qui sortaient de sa bouche. D'un ton plus mesuré, elle conclut :

– Je vous dis là ce que je pense. Je ne veux pas tuer parce qu'on nous a insultés. Je désire juste poursuivre ma route jusqu'à des jours meilleurs. Laissons ces villageois tranquilles.

Un lourd silence s'installa parmi la centaine de personnes présentes. On ne perçut plus que le clapotis de la pluie sur la toile des chariots et le souffle du vent. Rhâakzi et Assim furent les premiers à baisser les armes. Un genou à terre, ils s'inclinèrent.

– Nous regrettons ce que nous avons pu dire ou faire. Nous nous soumettons à l'autorité de Ôk. Qu'il accepte nos excuses.

Un à un, les Voyageurs les imitèrent. Avec un temps de retard, Brunhof s'exécuta. Le visage tendu, Ôk le dragon reprit la parole :

– Les mots de Tessa sont durs, mes amis. Autant que les moments que nous subissons. Je ne peux vous tenir rigueur de ce qui vient de se passer. Je dirais même que ce débat était sain. Nous avons tous le droit de nous exprimer.

Le chef regarda les Voyageurs et sourit chaleureusement. Il vit que ses propos leur faisaient du bien. Il poursuivit :

– Nous avons tous raison et tort en même temps. Non, nous n'éviterons pas le village. Nous le traverserons. Mais cela se fera en silence et sans un geste de menace. Nous répondrons à leurs insultes par l'indifférence. Puisse alors la honte s'emparer de leur cœur !

La terre que cultivait Jons Osters était celle de ses parents, qui la tenaient eux-mêmes de leurs propres parents. Il n'était pas riche, et les récoltes des années précédentes n'avaient pas été bonnes. Il aimait malgré tout ce sol et le travaillait avec la même ardeur que ses ancêtres, quel que soit le temps.

Le paysan était en train de retourner la terre boueuse avec une bêche pour l'aérer lorsqu'il vit au loin une ombre immense émerger de la brume. Osters plissa les yeux. La silhouette ne venait pas seule. Elle était suivie d'une file ininterrompue de gens avançant d'un pas lent. Portée par une bourrasque de vent, la mélodie d'un chant inconnu lui parvint aux oreilles. Alarmé, il laissa là ses outils et fila vers le village.

Toujours masqué par les masses compactes de nuages, le soleil avait entamé sa descente quand Lomfor et Tessa franchirent l'entrée du village. Celle-ci était constituée de deux maisons en pierres sales, au toit de chaume élimé. Une barrière en bois avait été disposée entre les deux bâtisses. Tout près attendaient une vingtaine d'hommes armés de haches et de fourches.

Le barbare renversa la barrière d'une main, comme si elle ne pesait pas plus qu'un brin de paille. Tessa à ses côtés, il se dirigea vers le groupe. Derrière eux, silencieux et la mine sombre, les Voyageurs piétinèrent la barrière. Ôk et Rhâakzi venaient en tête, précédant un chariot chargé d'affaires diverses. À l'arrière, les enfants, grelottant et reniflant, marchaient avec le même air déterminé que les adultes. Brunhof, un sourire mauvais aux lèvres, Larania et Elmin fermaient le cortège.

– Allez-vous-en ! Nous ne voulons pas d'étrangers ici ! dit un petit homme bedonnant qui semblait être le chef du village.

Sa voix manquait toutefois d'assurance et il fit signe à ses compagnons de se placer devant lui, le regard rivé sur la hache démesurée que Lomfor portait à l'épaule.

Tessa et Lomfor ne marquèrent aucun temps d'arrêt. Le guerrier tendit sa hache à bout de bras. Du plat de son arme, il écarta délicatement les hommes postés sur son chemin. Incapables de réagir, ceux-ci laissèrent leur attroupement se disperser, libérant un passage étroit dans lequel le barbare et la princesse s'engouffrèrent. Lorsque le premier chariot s'engagea, les villageois durent s'aplatir contre les murs des bâtisses pour ne pas se faire écraser.

Le bourg comportait une trentaine de maisons tout au plus, et deux ou trois fermes situées en périphérie. Ces habitations, à l'image de la rue principale et de quelques boutiques, étaient pauvres mais bien entretenues malgré les animaux qui erraient en toute liberté. Au milieu du village, la rue empruntée par les Voyageurs s'élargissait, formant une place minuscule où étaient installés quelques étals de marché. Ils avaient été abandonnés tels quels à l'annonce de l'arrivée des étrangers. Volets et portes restaient fermés. Tessa sentait pourtant des présences derrière les cloisons. Elle avait vu les paysans à l'entrée du village. « Il n'y a là ni brigands ni méchants hommes, songea-t-elle. Juste des gens simples que nous effrayons parce que nous sommes nombreux et que notre apparence est encore plus misérable que la leur. » La princesse se réjouit de savoir qu'ils avaient pris la bonne décision : « Pourquoi tuer ces gens ?

Ils ont juste eu peur que nous ne volions le peu de ressources dont ils disposent. » Beaucoup de Voyageurs durent penser la même chose. Sur leur visage se lisaient le soulagement et parfois – c'était le cas du Nain – la honte.

– Hé, les mendiants ! Pourquoi ne pas vous manger entre vous ?

Un rire gras éclata quelque part dans une maison.

– On ne veut pas de vous ! Allez voir plus loin ! fit une autre voix

Aucun des villageois n'avait pourtant le courage d'affronter directement les Voyageurs. D'autres insultes fusèrent, suivies de rires blessants. Tessa vit la main de Lomfor se crisper sur le manche de sa hache. Ils devaient se hâter de sortir du village avant qu'un incident ne survienne. La princesse se retourna et croisa le regard de Ôk. Celui-ci lança un bref appel à sa troupe pour lui demander de presser le pas.

– Hé, le dragon, ça se mange, non ? Et vous avez des licornes aussi ! De quoi vous plaignez-vous ? Nous n'avons que du cochon ici !

— Si c'est pas malheureux de voir des pauvres gamins dans cet état ! Vous devriez avoir honte !

Un moment impressionnés par la détermination des Voyageurs, les villageois se méprirent sur le silence des étrangers après les premières insultes : s'ils ne répondaient pas, c'est qu'ils avaient peur. Les quolibets redoublèrent.

Tessa dut lutter contre les larmes de rage et d'humiliation qui lui montaient une nouvelle fois aux yeux. Elle avança cependant et commença à entonner le chant de marche qu'elle et ses compagnons avaient composé, un soir, alors qu'ils erraient dans une forêt de pins et de sable. Elle ne voulait plus entendre ces injures et redoutait que l'un d'eux ne cède aux provocations. L'idée de traverser le village ne lui paraissait plus aussi bonne. La jeune fille pensa à Brunhof qui, elle le savait, n'hésiterait pas à passer le fil de son épée dans le corps des mauvais plaisants.

— Donnez-nous vos femmes, nous vous donnerons à manger !

Ce fut finalement Rhâakzi qui réagit le premier. Les Nains, au corps aussi endurci que l'esprit, étaient résistants. Mais leur susceptibilité était légendaire et il n'en fallait pas beaucoup pour échauffer leur orgueilleux caractère. L'invective les enjoignant à se manger entre eux avait été difficile à supporter pour Rhâakzi.

L'allusion à Ôk et aux licornes le mit hors de lui. À la dernière raillerie, il tira son arme et quitta les rangs des Voyageurs. À grands pas furieux, il se dirigea vers une maison suspecte. Il fracassa la porte d'un coup de hache et disparut à l'intérieur de la bâtisse.

Les Voyageurs, horrifiés, stoppèrent leur marche dans un même mouvement. Les moqueries avaient cessé et on n'entendait plus que les bruits provenant de la chaumière. Il y eut un hurlement et la voix rageuse du Nain retentit.

– Lâche ! Immonde pourceau ! Sors et ose nous dire en face ce que tu penses…

Il réapparut sur la petite place, traînant à sa suite un homme par les cheveux. C'était lui qui hurlait. Rhâakzi le projeta sur le sol, s'assit sur lui à califourchon et leva haut son arme.

– Donne-moi une seule raison, paysan, de ne pas te fendre la tête. Une seule !

Le Nain écumait.

Tessa, comme les autres, était trop loin de la scène pour tenter quoi que ce soit. Elle sut que rien ne pourrait sauver sa victime si Rhâakzi en avait décidé autrement.

– Je… pitié ! pitié ! bredouillait l'homme sur le point de défaillir.

– La pitié ! Que connais-tu à la pitié, sale rat, toi qui ris en voyant défiler des enfants mourant de faim ! vociféra le Nain tandis que la hache amorçait un mouvement de descente.

— Noooon ! Non ! J'ai une famille, pitié, des enfants, trois enfants, là, chez moi. Je ne veux pas mourir. Je vous demande pardon…

— Quoi ? Que dis-tu ?

— Pardon ! Je dis pardon !

Le villageois se mit à sangloter. L'expression de rage de Rhâakzi se transforma en une moue de dégoût. Il abaissa pourtant son arme et se releva, libérant le misérable qui hoquetait.

— Debout ! ordonna le Nain en s'époussetant. Retourne auprès des tiens, si toutefois il te reste suffisamment de fierté pour les regarder dans les yeux.

Puis sans transition, il se dirigea vers la file des Voyageurs d'un pas tranquille, comme si rien ne s'était passé. Il les héla :

— Allez ! cria-t-il. Qu'attendez-vous ? Avançons ! Partons ! Vous ne sentez pas la puanteur de l'air en ces lieux ?

Tessa observait l'homme qui s'était redressé derrière Rhâakzi. Il hésitait : son regard allait de sa maison à son ennemi. Brusquement, il prit un couteau dans sa poche et, avec une terrible expression de haine sur le visage, se jeta sur le Nain. Celui-ci sentit un mouvement dans son dos et dégaina sa hache.

Trop tard.

La princesse ferma les yeux et hurla. Lorsqu'elle les rouvrit, l'agresseur gisait inerte sur le sol, une flèche en travers de la gorge. Le guerrier nain était encore figé dans son attitude. Du pied, il retourna le corps du villageois.

— Il est mort, fit-il d'une voix blanche.

Il y eut un grand silence. Puis un gémissement suivi de pleurs s'éleva à l'intérieur de la maison.

— Qui a tiré ? demanda Tessa dans un murmure.

— Je ne sais pas, quelqu'un à l'arrière peut-être, répondit Lomfor.

Lui aussi avait sa hache en main et la princesse s'aperçut que tout le monde derrière elle avait brandi son arme. Le barbare courut vers Ôk.

— Que faisons-nous, chef ?

— Partons ! Quittons ce lieu maudit avant que les choses ne s'enveniment vraiment !

La voix du dragon était méconnaissable. Elle venait de très loin comme un grondement souterrain. Son regard se voila. Une fumée grise sortit lentement de sa gueule.

— Ôk, par les dieux... Ne pouvons-nous pas...

— Avance, te dis-je ! tonna Ôk. Imbécile ! Te faut-il d'autres morts pour comprendre ?

Le vieux dragon était nettement moins grand que le barbare et paraissait bien plus frêle. Tessa, qui n'avait rien perdu de la scène, pensa qu'une seule bourrade de Lomfor aurait pu envoyer Ôk au loin. Jamais elle n'aurait cru que l'on puisse employer ce ton envers le barbare. Pourtant, celui-ci baissa humblement la tête et acquiesça. Il revint vers Tessa et lui donna une petite tape dans le dos en souriant :

– Ne t'inquiète pas. Je crains juste qu'il ne faille un peu de temps avant que notre chef ne redevienne lui-même. J'espère sincèrement que ce n'est pas l'un d'entre nous qui a tué ce pauvre diable. La colère d'un dragon est terrible. Vraiment terrible.

– C'est rassurant ! soupira Tessa.

Au fond d'elle-même, elle était terrifiée.

Sans attendre, ils donnèrent le signal du départ et le cortège s'ébranla.

À l'arrière, Elmin, Larania et Brunhof ne bougeaient pas.

Lorsque le villageois avait été abattu, Elmin avait dressé son arme comme les autres. Il brandissait à présent son bâton aiguisé en direction de Brunhof. Le chevalier, lui, avait engagé une nouvelle flèche sur son arc qu'il pointait droit sur le druide, à bout portant. La magicienne tentait de convaincre l'un et l'autre de ranger leur arme.

– Je l'ai vu ! accusa Elmin sans quitter Brunhof des yeux. C'est lui qui a tué le paysan.

– Et alors ? dit tranquillement le chevalier. Si je ne l'avais pas fait, c'est le Nain qui serait mort. Baisse ton bâton et j'abaisserai mon arc.

– Tu n'étais pas obligé de le tuer. Tu pouvais simplement le désarmer ou le blesser.

– Oups ! j'ai dû mal viser… fit le chevalier avec un sourire moqueur.

Le petit groupe d'habitants qui avait tenté de les bloquer à l'entrée du village arrivait vers eux.

– Il suffit maintenant ! Nous réglerons cette affaire plus tard ! finit par s'écrier Larania. Rejoignons les autres avant de nous faire massacrer !

D'un geste rapide – trop rapide pour qu'un humain, aussi habile combattant fût-il, puisse le contrer –, elle frappa le bâton de l'un et l'arc de l'autre. Ceux-ci scintillèrent un instant avant de commencer à fondre. Surpris, le druide et le chevalier les lâchèrent. La magicienne les poussa en avant. Derrière eux, une grande clameur s'éleva. Des bruits de course retentirent, des cris fusèrent. Les trois Voyageurs rattrapèrent précipitamment leurs compagnons à la sortie du village.

La troupe ne s'arrêta qu'une fois la nuit tombée, après s'être assurée que rien ni personne ne la poursuivait. Il ne pleuvait plus et le vent avait cessé. Un épais brouillard ne tarda pas à monter du sol gorgé d'eau. Pas plus ce soir-là que les autres, les Voyageurs n'eurent droit à un feu. Le repas fut pris à la lueur d'une dizaine de torches.

Personne ne parla des événements de l'après-midi. Personne en fait n'avait le cœur à engager une quelconque conversation. Sur l'ordre de Ôk, Brunhof et Rhâakzi furent placés à l'écart de la compagnie, sous la garde de quelques Elfes dont l'un des talents était de ne pas ressentir la fatigue. Ôk s'isola de ses compagnons.

Malgré ses angoisses quant à l'avenir, Tessa s'endormit rapidement, vaincue par les émotions de la journée. La dernière image qu'elle emporta dans son sommeil fut celle de Lomfor, assis sur une peau d'animal à côté d'elle. Son visage grave s'éclairait par intermittence dans le brouillard, au rythme des hésitations de la flamme d'une torche. La princesse ne se réveilla qu'une fois dans la nuit à cause du froid et de crampes à l'estomac. Lomfor n'était plus là. Il n'y avait plus un bruit dans le camp plongé dans l'obscurité, mais elle crut apercevoir une lueur au loin, étouffée par la densité de la brume. La jeune fille se rendormit et partit dans un rêve sombre et tourmenté.

Chapitre 3

Les étrangers de l'aurore ■ Des retrouvailles chaleureuses ■ Ôk en mauvaise posture ■ Une décision grave ■ Une nouvelle route

Une odeur de thé brûlant et de viande grillée. Une sensation bienfaisante de chaleur. Ouvrir les yeux, voir le soleil briller dans un ciel enfin limpide derrière les derniers lambeaux de nuages. S'étirer et se lever.

Du thé ? Le soleil ?

Tessa prit soudainement conscience qu'elle était bien réveillée, qu'elle ne rêvait pas. Elle jeta un coup d'œil autour d'elle. La plupart des Voyageurs dormaient encore au milieu des chariots. À une centaine de mètres en contrebas de la colline sur laquelle elle avait passé la nuit, Tessa aperçut un feu autour duquel se réchauffait une assemblée nombreuse. Elle reconnut quelques-uns des Voyageurs auprès d'autres personnes qu'elle n'avait jamais vues. Parmi elles se tenaient une dizaine de personnages à l'apparence identique : grands et raides, ils étaient vêtus de tuniques et de capes usées de couleur ocre et de simples sandales, laissant leurs pieds et leurs jambes nus. Ce petit groupe discutait avec Ôk et Lomfor. Un peu en retrait, plus près du feu, Elmin, Larania et quelques Elfes s'étaient mêlés au reste des inconnus. Ces derniers ressemblaient beaucoup aux Voyageurs. Hommes, femmes et enfants, ils étaient une bonne cinquantaine et avaient tous l'air épuisé. Ils semblaient néanmoins prêts à reprendre la route.

Tessa, intriguée, descendit vers eux. Elle adressa de discrets signes de tête aux gens pour les saluer. Certains le lui rendirent avec le sourire, d'autres avec méfiance. Parvenue auprès de Larania, elle lui demanda qui était et d'où venait cette troupe.

– D'après ce que j'ai compris, ils suivent ces hommes, là-bas...

La magicienne désigna du menton les étranges personnages en cape.

– Ils les emmènent près d'un Lac dont ils se prétendent les Serviteurs.

– Une secte ? interrogea Tessa, surprise.

– Non. Enfin, je ne crois pas. Ils ne me paraissent pas spécialement illuminés ni même religieux. Ils proposent juste à ceux qui le veulent de les accompagner et de s'établir là-bas.

– Qu'exigent-ils en échange ? De l'argent ?
– Non, rien.
Elles restèrent un moment silencieuses. Tessa finit par demander :
– Et comment est-ce, là-bas ?
– Selon eux, c'est une belle terre pour vivre. Drôle de coïncidence, non ? Depuis des semaines, nous avançons sans but, harcelés par la faim et le froid, et voilà que ce que nous cherchons nous tombe dessus, sans crier gare. Leur chef affirme que le Lac est à une dizaine de jours de marche, vers l'est.

La magicienne semblait perdue dans ses pensées.

– Ne devrions-nous pas nous réjouir ? questionna Tessa. Tu ne leur fais pas confiance ?
– Je ne sais pas. Je ne sens rien de mauvais en eux. Ni de bon d'ailleurs, c'est là mon problème. Il n'émane rien d'eux.

Larania, grâce à son talent de magicienne, disposait d'une intuition quasi infaillible. Tessa devint perplexe. Elle observa encore les Serviteurs du Lac et laissa son regard errer sur l'assemblée. Soudain, la princesse se mit à rire. Elle poussa un grand cri de joie.

Un petit groupe d'enfants était resté à l'écart du feu. Certains dormaient, d'autres discutaient âprement, sans faire mine de s'intéresser aux gens qui les entouraient.

– Timott ! Eyott ! Luq ! s'écria Tessa. Pourquoi ne pas m'avoir dit qu'ils étaient là ? s'étonna-t-elle à l'adresse de Larania.

– Je crois qu'ils voulaient te faire une surprise, répondit la magicienne.

Tessa courut vers eux, le cœur rempli de bonheur. C'étaient les Joyeux Baladins, les enfants qu'elle avait connus lors de son débarquement catastrophique sur le Nouveau Continent. Ceux-ci se retournèrent.

– Ça y est, tu es enfin réveillée !

La princesse les serra contre elle, l'un après l'autre. Ils semblaient tout aussi enchantés de la voir. Puis comme de vieux amis qui se seraient quittés la veille, ils s'assirent et bavardèrent à bâtons rompus.

Les Joyeux Baladins n'étaient pas à proprement parler des magiciens. L'un d'eux, Timott, un garçon d'à peine six ans, lui avait expliqué qu'ils utilisaient essentiellement leur esprit. Tandis que Larania ou Elmin étudiaient ardemment les arcanes de la magie pour accomplir leur art, ces enfants employaient leur cerveau pour réaliser ce que certains tenaient pour de la sorcellerie ou du miracle. Timott pouvait stopper une personne dans son élan par sa seule force mentale. De la même façon, Eyott tordait des objets en les regardant. Ils allaient ensemble, sans adultes ni but apparent, et gagnaient leur vie en se produisant en spectacle dans les villes qu'ils traversaient.

Timott fit rire Tessa en racontant, à sa manière, les aventures qu'ils avaient connues à droite et à gauche avant de rencontrer les Serviteurs du Lac, quatre jours plus tôt.

– Vous allez les suivre ? interrogea Tessa, le cœur battant, dans l'espoir que les Voyageurs fassent de même.

Eyott, le frère de Luq, la détrompa immédiatement.

– Nous en discutions avant que tu n'arrives. Nous n'irons pas avec eux.

– Pourquoi ?

– Ben, parce que tous ces gens sont pauvres ! Ils n'ont pas d'argent à nous donner et nous n'avons pas envie de jouer pour eux gratuitement, tiens ! dit Timott en grimaçant.

– Chacun son rêve, ajouta Alyss, une petite fille qui venait de se réveiller. Eux, et vous également, ne désirez qu'une seule chose : une terre pour vivre. Nous, on veut de l'aventure, on veut voir où mènent les routes, découvrir de nouveaux paysages, de nouvelles têtes…

– En plus, ces types-là ne sont pas des rigolos. On ne peut pas plaisanter avec eux. Trop sérieux, trop… trop.

Luq s'interrompit, cherchant le mot qui convenait.

– Laisse tomber. Ils sont trop, c'est tout. Hé Alyss ! Les nouveaux paysages, les nouvelles têtes, oui, d'accord, c'est pas mal. Mais tu oublies surtout qu'on veut voir de nouvelles pièces d'or ! s'esclaffa Timott.

Et tous rirent de bon cœur. Le moment que Tessa passa avec les Joyeux Baladins lui fit oublier ses souffrances. Ils partagèrent de grands éclats de rire ainsi que des bourrades pleines de tendresse et de complicité.

La matinée était bien avancée lorsque Timott et ses amis saluèrent l'adolescente. Ils repartaient vers le sud. Les Serviteurs du Lac ne firent aucun commentaire sur leur départ. Voyant que Tessa avait les larmes aux yeux, Timott s'approcha d'elle et lui prit la main. De ce ton grave et naïf à la fois qui était le sien, il dit :

– Tu ne devrais pas être triste, car je suis persuadé que nous serons amenés à nous revoir.

Il s'inclina et rejoignit sa propre compagnie. Viq, l'une des fillettes, vint près de la princesse. Elle plongea son regard dans le sien et déclara :

— Pense à nous. Aussi fort que tu le peux. Et nous penserons à toi.

Tessa songea à l'étrange pouvoir de Viq du Vent : elle pouvait lire dans l'esprit des gens. Voulait-elle signifier qu'elle et Tessa, séparées par des kilomètres, resteraient en contact de cette manière, par simple télépathie ? Mais la conversation s'arrêta là. Viq tourna les talons et les enfants reprirent leur route. Timott et Luq adressèrent de grands signes à Tessa avant de disparaître entre les arbres, au sommet de la colline.

Deux énormes mains se posèrent sur les épaules de la jeune fille.

— Tu aimerais partir avec eux, non ? demanda Lomfor d'une voix douce.

La gorge serrée, Tessa répondit :

— Non. Ma vie est ici, avec toi et les Voyageurs. Mais c'est vrai, je les aime beaucoup. Ils sont… mignons. Et forts en même temps. J'ai l'impression d'être plus jeune qu'eux parfois.

La princesse se passa la main sur les yeux, inspira un bon coup et se retourna vers Lomfor, se forçant à sourire.

— Bon, et où en sommes-nous avec les gens du Lac ?

— Eh bien, je crois que nous allons à nouveau au-devant de gros ennuis. Nous ferions mieux de retrouver les autres. En fait, tu es attendue.

Le ton léger de son ami n'abusa pas la princesse.

Les Voyageurs s'étaient rassemblés autour de Ôk, à mi-hauteur de la colline. Tessa remarqua que Larania n'était pas à ses côtés. Plus bas, les pèlerins attendaient, le regard fixé sur eux. Inquiète, l'adolescente marcha rapidement pour rejoindre sa compagnie, Lomfor sur ses talons.

— Ah te voilà ! fit sèchement Ôk. Tu as salué tes amis ?

Tessa fut surprise par l'agacement du chef. Elle se souvint alors de ce que Lomfor lui avait confié la veille, à propos de la nature colérique des dragons. Visiblement, Ôk ne s'était que très légèrement calmé. Quelque chose n'allait pas. Les visages des Voyageurs reflétaient la colère. Larania et Elmin étaient de ceux-là. Brunhof et Rhâakzi, qui auraient dû être maintenus à l'écart, étaient présents aussi. Ôk paraissait seul contre tous. Encore une fois, c'était le chevalier qui menait la contestation.

– Vas-y Ôk, dis-le à Tessa. Dis-lui que tu refuses de te rendre au Lac. Que tu préfères la famine, le froid et l'errance à la proposition de ces gens...

Le ton de Brunhof exaspéra immédiatement la princesse.

– Brunhof, je pensais que ta place n'était pour l'instant plus parmi nous. Si quelqu'un doit intervenir, ce n'est pas toi !

La jeune fille avait parlé doucement, mais la sécheresse de ses mots produisit son effet. Plus d'un Voyageur baissa la tête. Brunhof rougit légèrement, mais ne se départit pas du sourire narquois qui était le sien depuis quelque temps.

– Est-il possible que l'on me résume la conversation ? poursuivit l'adolescente plus calmement. Larania, Elmin ? Que se passe-t-il ?

Le druide s'avança.

– Il se passe qu'on nous offre une place sur une terre accueillante...

Elmin désigna les Serviteurs qui patientaient en contrebas.

– Mais notre chef refuse cette invitation.

Tessa fut désarçonnée par les propos accusateurs du druide. Elle se tourna vers Larania, mais celle-ci se tut. Ôk prit la parole.

— Je n'ai pas confiance en ces hommes. Quelles raisons auraient-ils de nous inviter sur leurs terres ? Quelles pensées motivent leurs actes ? Qu'attendent-ils de nous ?

Le dragon parcourut l'assemblée des yeux avec un grand sourire franc, avant de poursuivre de son ton le plus convaincant.

— Mes amis… J'ai passé la matinée à discuter avec eux. Et je n'ai toujours pas de réponses à mes questions. Comment pourrions-nous les suivre ainsi, aveuglément ?

Tessa entendit les Voyageurs murmurer. Puis des protestations s'élevèrent çà et là avant de gagner toute la foule.

— Une intuition ! Tu nous laisserais mourir de froid pour une intuition !

— Nous avons faim et froid !

— Suivons les Serviteurs !

— Allons au Lac !

Le ton montait dangereusement. Lomfor, qui était resté en retrait, s'avança les bras croisés au-devant de la foule. Il ne dit rien mais les cris se réduisirent de nouveau à quelques murmures. Ôk interpella la magicienne :

— Larania, tu as bavardé avec ces gens ! Tu m'as rapporté l'effet qu'ils te faisaient ! Pourquoi ne prends-tu pas la parole ?

Le silence s'installa complètement. Chacun attendait la réponse de la magicienne.

– Je t'ai déjà fait part de mon sentiment, Ôk.

Immobile, elle s'exprimait lentement. Son regard décidé était fermement planté dans celui du dragon.

– Pour moi, ces gens sont neutres. Je ne ressens rien de bon en eux, certes. Mais il n'y a rien de mauvais non plus. Pour cette raison, je leur fais confiance. Je ne suis pas de ton avis, nous sommes en danger, ici, seuls avec l'hiver qui arrive et une population hostile derrière nous. Faire un bout de chemin ensemble ne nous engage à rien. Allons vérifier si ce qu'ils nous disent est vrai.

Les derniers mots de la magicienne furent noyés sous un tonnerre d'acclamations. Brunhof exultait. Le vieux dragon était livide. La princesse jura intérieurement. Même si elle partageait l'avis de Larania, ce débat aurait dû se dérouler entre eux et non devant tous les Voyageurs. C'était comme si on démettait publiquement Ôk de ses fonctions. La vision de leur guide, seul contre tous, lui déchirait le cœur. Elle ne savait que faire. Elle se glissa auprès de Lomfor, l'un des derniers à demeurer imperturbable.

– Et toi ? Que penses-tu ? De quel côté es-tu ? demanda-t-elle.

— Poursuivre notre route ne m'effraie pas. Aller vers le Lac non plus. Je ne veux pas avoir à prendre parti, répondit le barbare. Mon avis est que nous devons marcher d'un même pas, quelle que soit notre direction.

Il se tut. Tessa n'était pas plus avancée. Elle était d'accord avec Larania, avec Ôk — sur le fond, il avait raison, autant que la magicienne — et avec Lomfor. Pourquoi fallait-il qu'ils se déchirent ainsi ? Elle vit leur chef se diriger tranquillement vers l'un des chariots. Il s'assit à la place du conducteur. Il attendait. Tessa courut le rejoindre.

— Ôk ! Ôk ! Par les dieux, ce qui arrive est terrible ! Je suis désolée, j'ai honte pour...

Ôk leva ses ailes membraneuses comme pour hausser les épaules. Il adressa un grand sourire à la jeune fille.

— Ne t'excuse pas, princesse, ce qui est dit est dit et ce qui doit être fait le sera. Je ne puis aller à l'encontre des vœux de notre peuple...

— Je vais leur parler ! Leur faire comprendre que nous faisons erreur !

Le sourire du vieux dragon s'élargit davantage.

— Sonde bien ton cœur, mon enfant. Qu'y vois-tu ? Es-tu réellement convaincue du bien-fondé de ma décision ? Veux-tu réellement continuer à errer dans des champs boueux ?

Tessa baissa les yeux. Au fond d'elle-même, elle était plutôt heureuse d'avoir une destination précise en vue. Ôk poursuivit d'une voix plus lointaine :

— La dernière fois, ton discours a calmé les esprits et a permis de trouver un arrangement. Cette fois-ci, tu n'y pourras rien : les nôtres ont le ventre vide. Bientôt, ils seront malades. Après...

— Oui, Ôk, c'est vrai, mais c'est la façon dont tout cela se passe. Ils... Ils...

— Ils m'ont contredit ? Je le sais, Tessa. Je n'en suis pas humilié pour autant. Pourquoi n'auraient-ils pas raison ? Qui suis-je après tout pour gouverner nos compagnons ? Avant la catastrophe, je n'étais qu'un humble savant dont les quelques connaissances s'étendaient aux étoiles. Le cœur des hommes est une autre affaire.

— Mais tu nous as conduits jusqu'ici ! C'est grâce à toi que nous sommes encore vivants !

— Certes. Mais je crois que le temps est venu pour moi de passer la main. Sans doute suis-je trop âgé. Je ne puis plus être votre chef. Nommez quelqu'un d'autre. Je suivrai ses décisions comme vous avez suivi les miennes jusqu'ici.

Les paroles du dragon choquèrent la jeune fille. Le cœur serré, elle courut chercher Lomfor et Larania. Des Elfes, Elmin et Rhâakzi suivirent. Mais ni les protestations des uns ni les supplications des autres n'eurent raison de la détermination de Ôk. Les Voyageurs se retrouvaient orphelins et pour Tessa, c'était insupportable.

– Tu ne peux nous laisser ainsi, Ôk ! implora-t-elle, les larmes aux yeux. Nous avons encore besoin de toi !

– Je n'ai pas dit que je vous quittais. Simplement, je ne serai plus celui qui vous guidera. À toi de prendre les rênes, Tessa. Larania et Elmin seront aussi de sage conseil...

La conversation fut interrompue par l'apparition d'un Serviteur du Lac.

– Nobles Voyageurs, mes compagnons s'impatientent et souhaitent connaître votre décision. Serons-nous camarades de route ? Nos chemins doivent-ils se séparer ici ? Je vous en conjure, faites-le nous savoir !

C'était la première fois que Tessa voyait l'un de ces hommes de près. Il lui sembla étrange, un peu absent. Même ses paroles paraissaient venir de très loin. Comme aucun des Voyageurs présents ne réagissait, Ôk murmura :

– Nous vous suivrons, Serviteurs du Lac.

Menez-nous sur vos terres. Puissions-nous y trouver la paix.

L'autre s'inclina et conclut :

– Qu'il en soit ainsi. Partons donc.

La troupe formée par les Serviteurs du Lac, les Voyageurs et les autres migrants se mit en branle en milieu d'après-midi, dans le froid de la saison des pluies. Cette compagnie s'étendait en une longue file de chariots, d'hommes, de femmes et d'enfants, animée par quelques conversations et, pour la première fois depuis longtemps, par des chants d'espoir. En queue, Lomfor, Tessa, Larania et Elmin marchaient silencieusement à côté du chariot de Ôk. Le dragon avait maintenant le cœur léger. Il sifflotait gaiement, comme libéré d'un poids.

Si aucune décision n'avait été prononcée, dans leur majorité, les Voyageurs semblaient avoir adopté Larania, Tessa et Elmin comme nouveaux meneurs. La démission de Ôk avait été acceptée avec sérénité. Pour Tessa, c'était sans doute la principale erreur des Voyageurs.

— Nous ne sommes plus les Voyageurs, avait-elle dit à Lomfor alors qu'ils se mettaient en route. Nous sommes dorénavant des pèlerins.

Le silence du barbare sur ces événements la conforta dans cet avis.

Ils repassèrent à quelques centaines de mètres du village. Une importante troupe de villageois s'amassa à une distance respectable du convoi, à portée de voix et de flèches. Leur regard était hostile et des insultes fusèrent à nouveau. Mais aucune arme ne fut tirée. Cette fois-ci, il n'y eut pas de réponse aux injures et aux poings dressés.

Bientôt, le village disparut derrière les pèlerins, tandis que la brume du soir s'étendait sur la campagne.

Chapitre 4

Sur le chemin du Lac ■ Une étrange conversation ■ Au fond des yeux ■ Murmures ■ Cauchemar

Au fil des jours, le paysage changea d'aspect.

Depuis leur arrivée sur le Nouveau Continent, les Voyageurs allaient vers le sud-est. À présent, guidés par les Serviteurs du Lac, ils se dirigeaient plein est. Au bout de deux jours de marche, la boue noire des collines et leur végétation hostile s'estompèrent, au profit d'une terre plus ferme où affleurait parfois une roche grise et lisse. Les taillis de ronces, contre lesquels les Voyageurs avaient longuement pesté, étaient remplacés par de vastes parterres d'une herbe douce au toucher et par une flore variée et vivace, aux couleurs gaies et à l'odeur entêtante. Les arbustes aux épines anarchiques s'espaçaient et l'on voyait plus souvent des bosquets de grands arbres élever haut vers le ciel leurs ramures vigoureusement garnies.

Plus ils progressaient et plus il paraissait évident que la saison des pluies tardait à se manifester en ces lieux. L'air était plus doux, plus sec malgré l'abondante et fraîche rosée de l'aurore. La nuit, les pèlerins marchaient tard à la lueur de l'Onde, la Lune d'automne, en mangeant les baies noires d'arbustes nains ramassées un peu plus tôt. Elmin finit par s'étonner de l'aspect et de la luxuriance de la végétation.

– Même à cette distance de l'Océan…, dit-il à Larania, un matin où le soleil brillait au milieu de petits nuages inoffensifs, les pluies devraient baigner la région. Les arbres auraient dû perdre leur feuillage d'été.

Le druide, dont le savoir portait autant sur la flore que sur les animaux, désigna l'un des nombreux buissons sur lesquels ils cueillaient des baies.

– Il y a ici un grand nombre de plantes et d'arbres que je ne connais pas. Et quand je vois ce que nos chasseurs ramènent chaque jour ! À cette époque, le gibier est rare d'ordinaire et la plupart des animaux ont entamé leur hibernation.

La magicienne en conclut que c'était une excellente chose, que les Serviteurs du Lac ne mentaient pas en affirmant que leur pays était un havre de paix et d'abondance : ils avançaient dans la bonne direction.

Le sixième jour, le terrain devint nettement plus accidenté. Les pentes des collines gagnèrent en inclinaison et la compagnie dut cheminer le long d'étroites vallées au sol rocheux. La flore ne faiblissait pas pour autant, bien au contraire. Les Voyageurs traversaient à présent de véritables forêts. Les troncs des arbres étaient larges et filandreux, leurs branches regorgeaient de feuilles et de fruits aux couleurs éclatantes. Elmin quittait souvent la troupe pour se promener sous ces arbres, s'extasiant sur leur forme et leur puissance.

L'été avait lui aussi recouvré ses droits et les pèlerins cherchaient maintenant avec plaisir l'ombre des fougères géantes pour se protéger du soleil.

Tessa avait l'impression d'évoluer dans un rêve. Il y a quelque temps encore, elle grelottait dans un air et sous une pluie qui annonçaient la saison des glaces. Et voilà que de nouveau, c'était l'été ! La princesse se surprit un matin à marcher en sifflotant un refrain gai, repris en chœur par tous ses compagnons.

À vrai dire, l'humeur des Voyageurs s'était adaptée au retour de la belle saison et à l'aspect de la région, étrange certes, mais tellement accueillante. On riait, on chantait, on plaisantait. Jusqu'à Brunhof, dont le caractère paraissait enfin s'être adouci. « Oui, pensa la princesse, nos soucis sont restés là-bas, près de ce village maudit. » Elle gardait pourtant, dans un coin de son cœur, le souvenir des terribles événements qui avaient abouti à la chute de Ôk. Il lui suffisait de regarder le dragon. Il était l'un des seuls, avec Lomfor, à ne pas se réjouir du changement ambiant. Le vieux chef ne s'en ouvrait à personne, ou alors tard dans la nuit, lorsque tous dormaient d'un sommeil bienheureux. Tessa l'avait aperçu la veille en pleine discussion avec Larania que le dragon semblait irriter. Au matin, ni la magicienne ni Ôk n'évoquèrent les paroles échangées cette nuit-là.

La princesse en discuta avec Lomfor et lui demanda pourquoi il ne goûtait pas à la bonne humeur environnante. Elle le fit presque sursauter tant il était perdu dans ses pensées.

– Je n'aime pas ces terres. Je n'aime pas la chaleur. Et je songe à Ôk, répondit-il d'un ton maussade.

Tessa haussa les épaules lorsqu'elle comprit qu'elle ne pourrait rien tirer de plus de son ami. Après cette confidence, la princesse estima que le moment était venu pour elle de se faire sa propre opinion sur les Serviteurs du Lac. Jusqu'ici, son attention s'était concentrée sur Ôk. Elle s'était contentée de suivre le mouvement, d'avancer aux côtés de ses compagnons, sans essayer d'engager le dialogue avec leurs mystérieux guides. Puis elle avait été emportée comme les autres par l'étonnement et la liesse générale. À bien y réfléchir, la jeune fille réalisa qu'elle ne savait pas trop comment se comporter avec les Serviteurs : leur attitude humble l'intimidait. Leur manière de s'exprimer sans regarder les gens dans les yeux la mettait mal à l'aise. Finalement, la curiosité l'emporta.

Au cours de la journée, la princesse remonta en tête du cortège conduit par les hommes en cape. Elle fit quelques pas avec eux, puis comme ils gardaient le silence, elle se décida à leur parler. Elle se présenta et leur dit combien elle se réjouissait du beau temps, du paysage et du fait d'être aussi proche du but de leur voyage.

– D'ailleurs, quand arriverons-nous ? demanda-t-elle à la fin.

Le chef des Serviteurs, celui dont la cape semblait la plus usée, lui répondit d'une voix lente, un peu rauque :

– Nous savons qui vous êtes, princesse, et c'est un grand honneur que vous nous accordez de marcher à nos côtés. Puisse votre clarté d'esprit illuminer notre terre.

Et ce fut tout. Tessa resta un petit moment interloquée. Cet homme se moquait-il d'elle ?

– Euh… je voulais juste connaître le jour de notre arrivée, fit-elle d'un air engageant.

L'autre consulta ses compagnons du regard avant de déclarer :

– Ah oui, bien sûr… Au plus tard, après-demain.

Puis sans transition, il enchaîna :

– Avez-vous rêvé ces derniers temps, princesse ?

Cette fois-ci, ce fut au tour de Tessa de rester silencieuse. La conversation ne prenait pas la tournure qu'elle souhaitait. Elle était stupéfaite par l'interrogation du Serviteur : comment cet homme avait-il percé ce secret qu'elle n'avait partagé avec personne, pas même avec Lomfor ?

Tessa possédait un pouvoir qui, à ses yeux, ne lui était d'aucune utilité et dont elle ne tirait nulle fierté. Pendant longtemps, il avait été un lourd fardeau qui avait empoisonné ses relations avec ses compagnons. Tessa rêvait parfois d'événements qui finissaient par se produire dans la réalité. Cette faculté de voir le futur en rêve ne lui servait guère, puisque sur le moment, elle n'avait aucun moyen de savoir si ses songes étaient prémonitoires ou non, et si c'était le cas, quand ils se concrétiseraient. « Comment peut-il être au courant ? », pensa à nouveau la princesse. Totalement déroutée, Tessa souhaita soudain se retrouver auprès de ses compagnons, loin de ces hommes. Elle les questionna malgré tout d'une voix tremblante.

– Comment avez-vous deviné ? Et pourquoi me demandez-vous cela ?

Le chef s'arrêta. Il se tourna vers la jeune fille et lui dit avec un grand sourire :

– Nous savions que vous viendriez.

C'était une phrase anodine et en temps normal, Tessa n'y aurait pas accordé d'importance. Mais le ton sur lequel elle était prononcée, le sourire qui l'accompagnait alertèrent la jeune fille. Pour la première fois, elle capta le regard du chef des Serviteurs. L'adolescente fut tétanisée. L'espace d'un instant, elle se sentit avalée, aspirée par les yeux de cet homme. Au fond de ses prunelles, elle crut distinguer quelque chose d'énorme qui se mouvait dans le néant. C'était sombre, sans forme et cela cherchait. Cela LA cherchait, cela avait besoin d'elle, elle en eut la très nette impression. La princesse, prise de vertige, vacilla, la bouche ouverte en un cri silencieux.

L'homme battit des cils et l'horrible sensation disparut. Les yeux du Serviteur avaient repris leur aspect habituel, terne, lisse, impénétrable. Il saisit doucement Tessa par les épaules et lui demanda d'un air de sincère inquiétude :

– Vous êtes toute pâle. Voulez-vous vous reposer un instant ?

– Lâchez-moi ! cria-t-elle, hoquetant. Lâchez-moi !

Comme il la retenait, elle se dégagea violemment. Le reste des Serviteurs avait assisté à la scène. Aucun d'eux ne bougea. Leur chef s'inclina légèrement vers Tessa et l'invita à marcher à leurs côtés. Elle fit non de la tête et recula encore. Après une hésitation, l'autre poursuivit sa route, escorté par ses compagnons.

L'adolescente dut s'asseoir. Ses jambes ne la portaient plus. Elle resta sur le bord du chemin, attendant que ses amis passent devant elle. L'horreur au fond des yeux du Serviteur lui brûlait encore la rétine. Lomfor fut le premier à se rendre compte du malaise de Tessa.

– Qu'y a-t-il ? Tu sembles effrayée !

Il se pencha pour l'aider à se relever.

— Je le suis, ça oui, sanglota-t-elle, la gorge nouée. Je viens de parler avec... avec *eux* !

— Que s'est-il passé ? insista Lomfor.

Mais son attitude indiquait qu'il s'en moquait. Le barbare, enfermé dans ses pensées, avait les yeux dans le lointain, comme indifférent à la détresse de son amie. Larania et Elmin s'approchèrent.

— N'avez-vous rien remarqué chez ces gens-là ? s'emporta la jeune fille. Leur regard ? Avez-vous vu leurs yeux ?

Elmin haussa les épaules.

— Oui, ils ont l'air un peu... ailleurs, c'est vrai. Mais rien de vraiment spécial, non.

— Et toi Larania ? implora Tessa. Tu nous as avoué que tu les trouvais bizarres. Mais ce que j'ai aperçu en lui, leur chef, n'est pas simplement bizarre... C'est juste... monstrueux !

La magicienne consulta rapidement les autres. Elle dit, de ce ton doux et patient que les adultes emploient envers un enfant malade :

— Qu'aurais-tu vu, Tessa, que nous n'ayons pas vu nous-mêmes ?

Irritée, de plus en plus mal à l'aise, Tessa se tourna vers Lomfor.

— Enfin, quoi, je suis donc la seule à avoir vu ça ? s'écria-t-elle, des larmes coulant sur ses joues.

D'un air désolé, le barbare secoua la tête. La princesse suffoqua. Soudainement, les regards entendus de ses amis lui donnaient l'impression d'être devenue folle. Elle regarda autour d'elle, affolée. Brunhof discutait avec Rhâakzi apparemment sans animosité. Les Elfes chantonnaient, les enfants riaient. Tous avançaient d'un bon rythme, se réjouissant de la beauté du paysage traversé et de la proximité de leur objectif. Plus loin à l'arrière, Ôk avait mis les chevaux au repos. Lui seul paraissait conscient de la panique de Tessa. Il lui fit signe de le rejoindre. Lomfor, Larania et Elmin soufflèrent quelques mots de réconfort à la jeune fille. Elle n'y accorda aucune attention et fonça vers le dragon. Avant même qu'elle ne s'explique, Ôk la rassura :

— Je t'ai entendue, Tessa. Je ne sais pas ce que tu as vu, mais je te crois. Nous sommes sans doute à présent les seuls de la troupe, toi et moi, à ne pas faire confiance à ces types. Regarde nos amis, ils sont heureux. Même Larania, d'habitude si circonspecte…

À travers ses larmes, l'adolescente vit la magicienne et Elmin rire aux éclats avant de rattraper la compagnie. Ôk et Tessa se faisaient peu à peu distancer. Ils entendaient les chants des Voyageurs résonner dans la petite vallée florissante.

— Ouvre l'œil, reste sur tes gardes, poursuivit le dragon. C'est tout ce que nous pouvons faire pour l'instant. Et ne t'approche plus des Serviteurs.

Plus que jamais bouleversée, Tessa monta dans le chariot et ils suivirent la cadence imposée par leurs guides.

À l'avant de la colonne, les Serviteurs discutaient à voix basse.

— Est-ce vraiment *elle*, Maître ? demanda l'un d'eux à celui qui avait parlé avec Tessa.

— Oui, répondit le chef. C'est elle. Et grand est son pouvoir. Elle a lu en moi.

— Loué soit le Grand Être ! Ses prédictions étaient justes, reprit le premier. Notre quête n'aura pas été vaine.

— Doutais-tu du Grand Être ? fit le Maître froidement. Ne m'a-t-il pas dit qu'il avait senti la présence de la jeune fille, alors même qu'elle était à plusieurs jours de marche d'ici ?

Son compagnon s'inclina respectueusement.

— Encore une question, Maître.

C'était un autre Serviteur.

— Oui ?

Le ton était chargé d'agacement.

– Elle sait qui nous sommes. Ne peut-elle prévenir ses compagnons ? Sommes-nous réellement en sécurité ?

– Elle ne sait rien. Et les autres sont déjà avec nous. N'entends-tu pas leur joie ?

Les chants des migrants, mêlés à ceux des Voyageurs, leur parvenaient en un flot de chœurs ravis.

– Ne crains rien, reprit le Maître. Ils ne peuvent plus la croire. Allons, pressons le pas. Il me tarde de retrouver nos terres.

Les disciples s'inclinèrent imperceptiblement et continuèrent leur marche en silence.

La troupe parcourut une distance plus importante que les autres jours. L'Onde brillait depuis quelques heures lorsque les Serviteurs ordonnèrent enfin une halte pour la nuit. On alluma de grands feux autour desquels tous se regroupèrent. De la nourriture fut distribuée et la rumeur se répandit que si ce rythme se maintenait, le Lac serait en vue le lendemain après-midi. Il y eut encore des chants et des éclats de rire mais la fatigue finit par gagner les plus résistants. Les feux décrurent jusqu'à l'état de braise. Bientôt, une paisible obscurité s'infiltra sous le couvert de la jungle foisonnante et enveloppa les dormeurs.

Un peu à l'écart de la compagnie, Tessa se préparait à se coucher. Elle avait étendu une couverture parmi les hautes herbes et s'était arrangée pour avoir Ôk dans son champ de vision. Le dragon lui avait conseillé de dormir : il monterait la garde toute la nuit. Malgré ses terreurs, la jeune fille s'assoupit rapidement. Son rêve commença doucement et l'amena vers des souvenirs à la fois tristes et douloureux.

Tessa était dans le palais de son père et il n'y avait eu ni guerre ni massacre. Elle jouait aux échecs avec le roi. C'était une de leurs habitudes. Il lui prodiguait des conseils, la rassurait et l'amenait à avoir confiance en elle. Petit à petit, elle eut le dessus. Chaque coup devint gagnant : elle bougeait une pièce et en dérobait une à son adversaire. Ils rirent beaucoup au début. La partie avança et le rire de son père s'éteignit progressivement.

Quelque chose n'allait pas. Tessa gémit dans son sommeil.

Le jeu aurait dû être terminé depuis longtemps. Mais la princesse continuait malgré tout à prendre les pièces adverses. À un moment, elle leva les yeux, étonnée de la durée anormale de la partie. L'homme en face d'elle n'était plus son père. Ou alors, c'était lui, mais considérablement vieilli. Il avait l'air perdu et la suppliait du regard. Il déplaça encore une pièce, mais le coup n'était pas valable. Tessa ne voulait pas le lui faire remarquer, tant elle avait pitié de lui. Cela fit naître en elle un sentiment d'horreur. Le vieillard se recroquevillait de plus en plus sur lui-même ; ses tremblements devinrent trop marqués pour qu'il puisse tenir un pion. D'un geste maladroit, il renversa un fou. La pièce chuta, entraînant toutes les autres avec elle.

La princesse poussa un petit cri muet et s'agita. Mais rien n'y fit, elle ne se réveilla pas.

Sans transition, Tessa se retrouva dans une grande clairière, au milieu d'arbres vieux comme le monde. La végétation formait autour d'elle un mur impénétrable. Seule, perdue, elle appelait Lomfor et Elmin, tout en sachant pertinemment qu'ils ne pouvaient l'entendre. Des yeux sans paupières s'agitèrent en une danse folle parmi les branchages et un minuscule pépiement retentit près de son oreille. Elle s'éloigna, mais ce bruit désagréable la harcelait comme le sifflement obsédant d'un moustique. L'adolescente, prise de panique, se mit à battre des mains au hasard pour effrayer l'animal. Elle était sur le point de l'attraper lorsque l'arrivée d'un être massif chassa d'un coup arbres millénaires, clairière-prison et bestiole horripilante.

Allongée sur sa couverture, la jeune fille hoqueta. Elle se cambra et se redressa. Elle entrouvrit les yeux et aperçut Ôk, qui était plongé dans l'observation des étoiles avec une longue vue. Soulagée, elle se dit qu'elle venait d'échapper au pire. Tessa tenta de rester éveillée. Elle échoua, et le cauchemar reprit là où il s'était arrêté.

La princesse savait ce qui se produisait : elle contemplait maintenant l'être fabuleux qu'elle avait entraperçu dans les yeux du Serviteur du Lac. La forme globale n'évoquait rien de connu à l'adolescente. C'était énorme, sans yeux, avec des antennes et des appendices mous qui s'agitaient faiblement dans tous les sens. Dirigés vers le ciel étoilé, ceux-ci finirent par prendre conscience de sa présence. Ils s'égarèrent vers elle. Curieusement, dans son rêve, Tessa tendit les mains vers l'Être. Des tentacules vinrent à sa rencontre.

Le rêve s'acheva lorsque Lomfor réveilla Tessa. Le soleil n'était pas encore levé, mais les Serviteurs du Lac avaient lancé le signal de départ. L'adolescente tourna un visage hagard vers son ami.

– Non. Je… ne veux pas y aller, supplia-t-elle.

– Voyons… fit Lomfor, tu n'as rien à craindre. Je suis là. Nous sommes tous là. Et nous serons bientôt au terme de notre route.

D'un mouvement, il la mit debout.

Le barbare jubilait. Il partit dans un grand rire joyeux qui ne lui était pas habituel.

Chapitre 5

Des débordements lyriques ■ Le Lac ■ Le désespoir de Tessa ■ L'eau et la Tour ■ Des habitants déconcertants

« À l'heure ! À l'heure !
Sans peur
Avec cœur
Nous serons à l'heure ! »

– Grotesques, ils sont grotesques ! enragea Tessa, consternée.

Le dragon sourit :

– Ils n'en sont pas loin, en effet. On dirait des enfants dont ce serait aujourd'hui l'anniversaire !

Les deux amis cheminaient côte à côte ; ils s'étaient légèrement laissé distancer. Depuis l'aube, depuis qu'ils avaient levé le camp, l'exaltation euphorique de leurs compagnons ne cessait de grandir. Cela avait d'abord effrayé la princesse. Mais maintenant qu'ils étaient tout près du Lac, elle était juste profondément affligée.

— Pff ! fit-elle encore en regardant Brunhof et Lomfor, bras dessus bras dessous, qui braillaient avec les autres la même chanson stupide depuis des lustres.

*« Nous sommes les Voyageurs
et nous avons à cœur d'arriver à l'heure.
Nous sommes les Voyageurs
et nous avons le cœur
Empli de bonheur… »*

Tessa pouffa nerveusement. L'étrange attitude de Lomfor ce matin au réveil et l'absurde chant qui résonnait dans la vallée la mettaient mal à l'aise. Cette forêt de grands arbres aux couleurs rouges et orange, ces fruits gigantesques, ces odeurs âcres et sucrées, tout cela lui semblait irréel.

— Que se passe-t-il, Ôk ? On dirait qu'ils sont drogués, qu'ils ne sont même plus là…

— Ce sont sans doute les effets produits par cette région. Tu sais, cette nuit, tu n'as pas été la seule à rêver. Il y a ici un parfum qui me tournerait la tête si je m'écoutais. J'ai le cœur léger, certes, mais je ne partage pas leur béatitude, Tessa. Je reste méfiant.

— Pourquoi sommes-nous les derniers, toi et moi, à rester normaux ? demanda l'adolescente.

— Peut-être parce que les dragons et les princesses sont immunisés contre le ridicule, mon amie, répondit le vieux chef.

Le jour avançait sous un ciel radieux et il parut à Tessa que le rythme de la marche s'accélérait. Les Serviteurs du Lac n'avaient pas permis de halte pour se restaurer. Loin de gêner les Voyageurs, cela les avait enchantés un peu plus si toutefois c'était possible. Tessa avait vainement tenté, tout au long de la journée, de discuter avec Lomfor, Elmin et Larania, ceux qu'elle pensait pouvoir encore raisonner... Chacun, à sa manière, l'entendit sans vraiment l'écouter :

– Ce n'est pas la première fois que tu fais des cauchemars, sourit Lomfor.

– Chante donc avec nous, lança joyeusement Elmin, tes soucis s'en iront d'eux-mêmes !

Larania fut plus directe :

– Cesse de t'inquiéter ! Ne peux-tu pas te réjouir ? Nous touchons au but ! Nous avons enfin trouvé une terre. Si l'humeur grincheuse de Ôk est contagieuse, laisse-le et rejoins-nous !

– Mais je vous répète que j'ai vu un monstre terrifiant dans les yeux du Serviteur. Ce n'était pas un rêve, je ne dormais pas ! C'était hier après-midi ! s'écria la princesse avec colère.

– Et moi je vous dis que je me moque des Serviteurs... rit Enethen, la belle comtesse, se mêlant à la conversation. Je sais juste que je suis heureuse d'être parvenue dans un lieu qui me plaît.

Ils entonnèrent tous l'un de ces chants qui mettaient Ôk et la princesse hors d'eux.

Le soleil finit par se coucher. Une à une, les étoiles s'allumèrent dans le ciel obscur. La troupe, guidée par les Serviteurs du Lac, gravit un petit sentier serpentant le long d'une colline asphyxiée par une végétation incontrôlable. Des arbustes poussaient à même les troncs d'arbres. Certaines herbes, porteuses de baies grosses comme des pommes, dépassaient la taille de Lomfor. Au sommet, les Serviteurs, le visage imperturbable, se placèrent au bord du chemin. D'un geste théâtral, ils invitèrent leurs compagnons à les précéder et à prendre connaissance de ce qui s'étendait au-delà de la butte.

Des exclamations de surprise et des cris de joie éclatèrent. Il y eut un bref flottement et quelques bousculades pendant que tous se pressaient en haut de la colline. Puis, comme les Serviteurs se remettaient en marche, la compagnie entreprit la descente sur l'autre flanc qui finissait sur une belle plage de sable, de terre et de galets.

Ils étaient arrivés au Lac.

Ôk et Tessa franchirent à leur tour le sommet du monticule. Étonné, le dragon poussa un sifflement admiratif. La princesse crut un moment que Ôk avait lui aussi succombé au charme – quel qu'il fût – jeté par les Serviteurs ou par cette terre elle-même. Le dragon resta un long moment à contempler le grand Lac et les étoiles qui se réfléchissaient sur sa surface noire. Tessa, inquiète, n'arrivait pas à goûter la magnificence du paysage.

L'Onde était absente du ciel, mais l'éclat de la voûte céleste suffisait à répandre une chaude et douce lueur qui soulignait les aspects principaux du Lac et de ses environs. Tout en longueur, cette étendue d'eau s'étalait paresseusement sur quelques kilomètres, dans une vallée bordée par une chaîne de monts forestiers semblables à celui sur lequel ils se tenaient. Sur la rive nord du Lac s'élevait une haute Tour à demi écroulée. Un peu partout sur les berges et sur les flancs des collines, la princesse discerna de multiples points lumineux, des feux éclairant les façades d'habitations en bois. Un nombre impressionnant de gens vivaient déjà ici, et pourtant la vallée était si vaste qu'il semblait à

Tessa que des milliers de personnes ne suffiraient pas à la remplir. En d'autres moments, la princesse se serait réjouie de la douceur et de la sérénité qui se dégageaient de ce paysage. Mais au fond de son cœur, elle devinait que tout cela n'était qu'un leurre, même si elle ne pouvait l'expliquer. Ôk murmura quelques mots qui rassurèrent Tessa sur l'état d'esprit de son compagnon :

– C'est bien ce que je pensais. Nous ne sommes pas là où nous devrions être…

– Que veux-tu dire ? demanda la jeune fille.

– En fait, il y a déjà quelques nuits que le ciel m'étonne.

Il montra les étoiles.

– Tu vois l'Antiserthe ? Et là-bas, le Cavalier Brumeux ? Les jumelles S'iterro…

Le dragon – un astronome renommé – énuméra les constellations dont la plupart étaient inconnues de Tessa.

– Eh bien, elles ne sont pas à leur place. Il y a des étoiles qui ont disparu et d'autres que je n'ai jamais vues. Cela pourrait expliquer beaucoup de choses, entre autres, l'étrangeté de ces lieux, le climat et cette végétation qu'Elmin disait ne pas reconnaître. Mais par quel enchantement sommes-nous arrivés ici, voilà qui est plus troublant encore !

Les Serviteurs guidèrent la troupe sur la rive pendant une petite heure. Puis ils annoncèrent officiellement que le voyage était terminé et que tous étaient invités à jouir désormais d'une vie longue et paisible en ces lieux.

Une certaine confusion s'ensuivit, tandis que chacun s'éparpillait aux alentours, à la recherche d'un endroit propice pour passer la nuit. Les Voyageurs se désolidarisèrent des autres migrants qui avaient fait route avec eux et avec lesquels ils avaient peu d'affinités. Les Serviteurs, quant à eux, s'en furent sans plus de cérémonie vers la Tour.

Leur chef, celui qui avait tant effrayé Tessa, resta un moment. Il aperçut Ôk et se dirigea vers lui. Tessa recula d'un pas, tentant de se soustraire à son regard en se plaçant derrière le dragon. Le Serviteur s'inclina légèrement.

– Maître dragon, l'errance et les souffrances de votre peuple prennent fin en ce lieu. Puissiez-vous y trouver tout ce qui vous fait défaut.

Comme Ôk ne cillait pas, l'homme jeta un bref coup d'œil à Tessa.

– Princesse, nous sentons la défiance qui habite votre cœur. Sans doute pourrons-nous en discuter, lorsque vous aurez…

– Laissez-la ! cracha brusquement le dragon. Partez !

Le Serviteur s'inclina à nouveau et s'en fut. Malgré la nuit, Tessa et Ôk distinguèrent clairement son sourire amusé.

Au cours des jours qui suivirent, les Voyageurs commencèrent les travaux qui devaient aboutir à la construction d'un village. Larania et Elmin, habilement secondés par Brunhof et Rhâakzi, installèrent leur campement un peu en retrait des berges du Lac, à la lisière de la jungle. Là, tous abattirent des dizaines d'arbres, soulignant leurs coups de hache par de grands « han » sonores et joyeux. Plus loin, les enfants couraient et jouaient en riant, sous l'œil bienveillant de leurs parents. Ils se divisèrent en petites équipes qui se relayaient pour rapporter des fruits, du gibier et pour cuisiner.

Le cinquième jour, Tessa explosa.

Depuis leur arrivée, elle n'avait pas décoléré. Ni elle ni Ôk ne participaient aux travaux d'aménagement du village, se contentant de hausser les épaules en soupirant lorsqu'on leur demandait de l'aide. De telles occasions étaient rares, car l'enthousiasme radieux des Voyageurs suffisait à galvaniser leurs efforts et les empêchait de prendre ombrage du comportement de leur princesse. « Tessa est de mauvaise humeur ? Qu'importe ! Elle finira bien par revenir à la raison », se disaient-ils avant de se remettre vaillamment au travail. « Au moins, ils ont arrêté de brailler leurs refrains crétins », pensait alors Tessa.

Ce jour-là, on creusa le sol pour établir les fondations de la première maison. Tandis qu'on tassait le fond du trou et que l'on y dressait les troncs abattus, un chant naquit spontanément sur les lèvres des ouvriers :

« *Le chemin fut long*
Mais voilà notre première maison,
Fatigués, nous avons posé nos sacs
Sur les rives du beau Lac... »

La résistance de Tessa avait atteint ses limites. Elle courut rejoindre Ôk.

– Nous n'allons quand même pas rester ici sans rien faire ! Je n'en peux plus. Écoute-moi cette niaiserie ! tempêta-t-elle.

Un peu surpris, son ami lui recommanda encore de la patience.

– Que veux-tu que je te dise ! Nous pourrions partir tous les deux et les laisser là, ils ne s'en apercevraient même pas ! Nous reviendrions dans dix ans, ils nous auraient oubliés, expliqua-t-il. Attends, mon enfant, attends !

– Mais attendre QUOI ? s'emporta Tessa.
– Que les choses se passent… que nos amis s'éveillent enfin…

Après un silence, il ajouta :

– … ou que nous les rejoignions dans leur bonheur.

– Mais quel bonheur ? Ne crois-tu pas ce que je t'ai raconté ? J'ai vu au fond de leurs yeux. Les Serviteurs les ont asservis, ils leur ont jeté un sort ! s'exclama l'adolescente interloquée.

– Un sort, dis-tu ? Te rends-tu compte de la puissance nécessaire pour ensorceler les milliers d'habitants de cette vallée ? Ce n'est pas dix ni cent magiciens qu'il faudrait pour maintenir une telle illusion. Même dix mille n'y suffiraient pas ! Regarde autour de toi, Tessa… cette eau, cette forêt, ce ciel, ce sol… tout cela est réel ! Non, je ne crois pas…

– Et les étoiles ? le coupa la princesse. Tu affirmais que les étoiles n'étaient pas à leur place !

– Mmmh, oui, c'est vrai. C'est un mystère, fit rêveusement Ôk. C'est un beau mystère. Et après ? Finalement, ce ciel est magnifique, non ? Moi, en tout cas, il me va très bien !

Tessa sut alors que Ôk, lui aussi, se laissait tout doucement gagner par l'euphorie ambiante. Horrifiée, la jeune fille recula lentement avant de se mettre à courir sous le couvert de la végétation. Un peu plus tard, elle quitta le campement en chantier.

Son départ passa totalement inaperçu.

Sans direction précise en tête, Tessa partit sur les berges du Lac, l'esprit plongé dans la plus grande confusion. C'était une après-midi chaude et ensoleillée, comme tous les jours depuis leur arrivée. Pas un souffle d'air. L'adolescente ne tarda pas à se retrouver en sueur. Elle réalisa que ses pas l'avaient menée non loin de la Tour. Hésitante, elle la détailla un moment, en se demandant si elle allait la visiter. « Non, songea-t-elle, elle est beaucoup trop sinistre. »

L'eau lui fit brusquement envie. Une baignade, oui, voilà ce dont elle avait besoin. Tessa commença à retirer ses vêtements, en regardant de chaque côté afin de s'assurer qu'on ne la voyait pas. Puis, elle entra dans le Lac. Elle s'arrêta au premier pas. Le contact simultané de l'eau glacée et du sol vaseux la fit frissonner. De petites bulles d'air remontèrent le long de ses chevilles. La jeune fille s'attarda un instant à suivre les cercles concentriques provoqués par son intrusion. Comme elle ne bougeait plus, l'eau finit par redevenir immobile, aussi claire que la surface d'un miroir. Les yeux plissés à cause de la réverbération, Tessa vit que le sol de vase déclinait rapidement vers les profondeurs.

S'enfoncer davantage ? Elle hésita. Elle avait chaud. L'onde, passé le premier contact réfrigérant, était toujours plus attirante. S'étendre dans le Lac, se rafraîchir, se délasser… « Depuis combien de temps ne me suis-je pas baignée ? » pensa-t-elle, se remémorant la plage sauvage qu'ils avaient abordée un jour de forte chaleur. C'était l'été dernier mais pour la princesse, cela aurait pu être il y a dix ans.

Tessa fit un nouveau pas et se retrouva avec de l'eau jusqu'aux mollets. S'allonger. S'abandonner au sommeil. Mouiller ses cheveux. Plonger son visage sous les flots. Elle avança encore et l'eau grimpa au-dessus de ses genoux, elle n'était plus froide maintenant, juste tiède, à bonne température. La jeune fille réprima une violente envie de se jeter d'un coup dans le Lac et de nager, nager, s'éloigner des rives pour gagner le centre de cette vaste et belle étendue liquide, bienfaisante… réconfortante… apaisante.

Dormir. Oh oui, cela serait si bon de dormir, de se laisser bercer par l'onde pure. Un sourire aux lèvres, Tessa hasarda un coup d'œil rapide autour du Lac. D'où elle se situait, la Tour à demi effondrée était la seule construction visible. Aussi loin que portait son regard, elle n'aperçut pas un baigneur sur les berges ni sur les plages. « Étrange, songea-t-elle rêveusement. Avec une telle chaleur, les enfants devraient se baigner ! Et les pêcheurs ? Je n'en vois aucun... »

Tout au fond du Lac, il y eut un frémissement, imperceptible mais suffisant pour troubler la surface de vaguelettes minuscules. Le sourire de la princesse s'effaça. Elle eut un instant de stupeur puis réalisa ce qu'elle était en train de faire. Elle recula précipitamment. Ses pieds dérapèrent dans la vase. Tessa s'étala de tout son long dans une grande éclaboussure. Derrière elle, les vagues parurent gagner en nombre, comme si elles voulaient unir leurs forces pour retenir l'adolescente auprès d'elles. Un cri de panique bloqué dans la gorge, Tessa rampa hors de l'eau, s'empara de ses vêtements et remonta d'une dizaine de mètres sur la rive. Les rides sur le Lac disparurent en quelques secondes et la jeune fille sut que ce phénomène n'était pas naturel. Quelque chose vivait ici, qui avait le pouvoir de calmer les flots et qui avait voulu l'attirer dans les profondeurs aquatiques. Elle eut un tressaillement d'horreur. Pendant qu'elle se rhabillait, un bref scintillement du côté de la Tour lui fit tourner la tête. Tessa crut apercevoir une silhouette disparaître parmi les ruines.

La Tour…

Une nouvelle fois, la princesse sentit qu'on la tentait. Visiter la Tour, se coucher dans la douce pénombre des pierres, n'était-ce pas là une excellente façon de passer l'après-midi ? Mais Tessa refusa catégoriquement cette invitation ; elle savait maintenant qu'on la surveillait, qu'on souhaitait l'attirer en des lieux qu'elle préférait ignorer.

– Non !

Son cri se répercuta, rebondit contre les murs de la Tour et il lui sembla que tout le paysage se taisait pour l'écouter.

– Vous ne m'aurez pas. Jamais ! Montrez-vous, qui que vous soyez ! Je n'ai pas peur de vous !

Elle mentait. La terre frémit encore, sourdement. Ce fut la seule réponse à son défi. La jeune fille ne voulait pas rentrer au camp des Voyageurs, elle ne voulait pas qu'on lui dise qu'elle avait rêvé, qu'il lui suffirait de chanter et de travailler pour dissiper ses angoisses.

Tournant le dos à la Tour, elle poursuivit sa marche, attentive à mettre un peu plus de distance entre elle et le Lac.

Vers la fin de l'après-midi, Tessa se perdit au milieu d'une dizaine de petites maisons construites avec les arbres de la forêt attenante. Plusieurs personnes habitaient là. Allongées par terre, assises ou même debout, elles ne faisaient rien de spécial. Certaines paraissaient dormir, d'autres allaient et venaient sans but en marmonnant. Tessa vit deux enfants qui se tenaient face à face sans bouger ni parler.

— Ces gens vivent là depuis un bon moment, murmura la princesse en avisant les poteries et les décorations sur les maisons.

Son arrivée suscita une totale indifférence.

— Ohé ! cria-t-elle, un brin étonnée. Bonjour ! Nous sommes voisins !

Plusieurs têtes se tournèrent vers l'adolescente mais ce fut tout. Pas une réponse, pas un sourire, pas un geste de bienvenue. Il fallut que la jeune fille se plante devant une femme et lui adresse directement la parole pour obtenir enfin une réaction.

– Bonjour, dit Tessa, j'espère que je ne vous dérange pas ? Mes compagnons et moi sommes à quelques kilomètres de votre village…

La femme, âgée d'une trentaine d'années, était perdue dans ses pensées. Elle cilla en entendant la princesse.

– B… bonjour, bredouilla-t-elle avec difficulté.

Pas très rassurée, Tessa reprit la parole.

– Vous allez bien ? Vous paraissez, euh, fatiguée !

– … Bien… nous sommes… bien… joli Lac… Serviteurs bons… répondit l'autre et les terribles efforts qu'elle produisait pour chercher ses mots plongèrent l'adolescente dans l'embarras.

– Excusez-moi, fit celle-ci en s'éclipsant.

La femme ne parut pas la comprendre et resta là où elle était, immobile.

La jeune fille n'eut pas plus de succès avec les autres habitants. Après un instant d'hésitation, elle entra dans les maisons, visita les chambres. Lits, éviers, vaisselle… tout était poussiéreux, inutilisé depuis longtemps. Le village entier paraissait sous l'emprise d'une drogue ou d'un sort puissant. « Très bien. On verra ce que diront Ôk et Lomfor en voyant ça ! songea Tessa en quittant les lieux. Si après, ils veulent toujours rester ici ! »

La princesse se hâta de revenir vers ses compagnons. Malgré les événements de la journée, elle était heureuse. Elle savait maintenant avec certitude que cet endroit était maudit. Ce n'était plus une simple illusion, une image perçue dans les yeux d'un Serviteur. Elle avait des preuves. Certes, elle ne réussirait pas à leur faire admettre ce qui était survenu au Lac. Mais en emmenant les Voyageurs dans ce village, elle croyait pouvoir les convaincre que le Lac et ses environs étaient ensorcelés. Les gens qui vivaient là paraissaient avoir perdu toute volonté. Avec un bref frisson, Tessa réalisa qu'ils ressemblaient tous à des zombies. Elle pressa le pas, impatiente de retrouver les siens, même si pour cela elle devait subir leurs chants idiots.

La princesse perdit ses dernières illusions lorsqu'elle parvint au campement. Les Voyageurs avaient cessé de travailler. Regroupés autour d'un grand feu, ils finissaient de dîner. Tous chantaient d'une seule voix :

« *Reposons nos membres fatigués*
Délassons nos âmes attristées
Chantons haut nos espoirs retrouvés
Car près du Lac, nous sommes arrivés... »

Tessa tenta d'engager la conversation avec chacun d'entre eux. Lomfor, Assim, Elmin,

Larania… Ils ne prirent même pas la peine de lui répondre, se contentant de hocher la tête en souriant pendant qu'elle parlait. Lorsque enfin Ôk lui fit signe de se taire et d'attendre la fin du chant, la jeune fille tomba à genoux, vaincue. Elle sanglotait.

Pour la première fois de sa vie, Tessa envisagea sérieusement de quitter son peuple. Quand le chant cessa, ils allèrent tous se coucher, la laissant seule avec sa terreur.

Chapitre 6

Une nuit agréable et un réveil difficile ■ Le Serment ■ Seuls contre tous ■ En route vers la Tour ■ La terre s'ouvre ■ La rage de Lomfor

Lomfor soupira d'aise.

Il courut vers le Lac, prit son élan et d'un bond majestueux, plongea sous la surface accueillante de l'eau. Il se redressa hors des flots, ébouriffa ses cheveux pour en chasser les gouttelettes. Il étira ses bras, les étendant au maximum comme s'il voulait embrasser tous les rayons du soleil. Qu'on était bien ici ! D'un geste, il proposa à Elam de le rejoindre. La sœur d'Assim était si belle, si délicate, si... elfe ! Elle fit semblant de décliner son invitation, il fit semblant de venir la chercher et ils rirent tous les deux. Pendant ce temps, Assim et Rhâakzi se moquaient gentiment d'eux. Avoir de beaux enfants avec une jolie femme, sur une douce terre, entourés par de loyaux amis... N'était-ce pas la vie rêvée de chaque homme ?

Lomfor vit dans l'herbe le manche de sa hache. Le bois en était vermoulu. La lame, ébréchée, rouillait. Il haussa les épaules. Et alors ? Avait-on besoin d'une

arme en ces lieux de paix ? Oui, tout était merveilleux et Lomfor était heureux. Dommage qu'il ait si mal à la gorge ! Le barbare fronça les sourcils. Un mal de gorge ici, voilà qui était étrange... Il se força à porter son attention sur le Lac et sur la belle Elfe qui lui adressait de grands signes. Elle plongea et nagea à sa rencontre. Ils s'éclaboussèrent mutuellement et rirent de nouveau.

– ... veille-toi ! Lomfor !

On l'appelait. Il fit volte-face mais ne vit personne. Et ce mal de gorge qui devenait insistant ! Lomfor peinait à avaler. Elam lui prit le menton, se mit sur la pointe des pieds et déposa un tendre baiser sur ses lèvres. Il voulut y répondre mais... cette douleur dans la gorge ! Il déglutit, toussa...

Et finit par ouvrir les yeux.

Le matin était là et Tessa se tenait debout au-dessus de Lomfor, les mains serrées sur la garde de son épée de diamant. Son arme était pointée sous le menton du guerrier, piquant la peau de son cou ; la princesse appuya plus fort et sous la douleur, Lomfor se réveilla complètement.

– Mais ? Tu me fais mal ! Qu'est-ce qu'il y a ?

– Désolée de te tirer de tes rêves, Lomfor. Ils avaient l'air agréables, ricana l'adolescente.

– Quels rêves ? maugréa le géant en se frottant les yeux. Peux-tu, s'il te plaît, orienter cette épée dans une autre direction ? Es-tu devenue folle ?

Un rictus de colère déforma le visage de Tessa.

— Non ! C'est vous qui êtes fous ! Tous ! Et je n'enlèverai pas mon arme tant que tu ne m'auras pas promis une chose !

Le barbare gémit et se retourna sur le flanc, feignant de se rendormir.

— Non. J'ai sommeil, laisse-moi tranquille. On verra tout à l'heure.

— LOMFOR ! Je ne plaisante pas ! cria Tessa, furieuse.

Elle jeta son épée et s'abattit sur son compagnon, le rouant de coups de poing.

— Non, non et non ! Je ne veux pas que tu te rendormes, je ne veux pas que nous restions ici.

Elle sanglota.

— Tu… tu ne peux pas imaginer la nuit que j'ai passée, Lomfor. Je n'ai pas fermé l'œil. Je me suis cachée, j'ai pleuré, je voulais partir, vous quitter. Mais je n'ai nulle part où aller. Vous êtes ma seule famille ! Et je ne vous reconnais plus ! Vous m'effrayez… Oui, toi aussi, tu m'effraies, reprit-elle alors que le guerrier se redressait et la fixait d'un air étonné. Et Larania… et Elmin. Même Ôk a changé !

Le barbare se mit sur son séant et bâilla en un long soupir ennuyé. Puis il tendit une main vers la princesse. Celle-ci se laissa tomber en arrière et lui lança un regard haineux.

— Ne m'approche pas ! Ne me touche pas ! Je ne te crois plus ! Tu me livrerais aux Serviteurs, non ?

D'un geste vif mais sans violence, Lomfor attrapa les bras de la jeune fille. Il plongea ses yeux dans ceux de son amie.

— Calme-toi. Qu'y a-t-il, Tessa ? demanda-t-il doucement. Regarde-moi. Qui vois-tu ? Un monstre ? Non, c'est moi, Lomfor. Tu penses que je pourrais te faire du mal ?

— Oui… Non… Je ne sais plus, renifla-t-elle.

— Mais par les dieux ! Cela ne me viendrait pas à l'esprit ! s'écria Lomfor, les bras levés vers le ciel. Pas plus ici qu'ailleurs. Et surtout pas ici ! Sens-moi cet air, ce soleil… On est si bien en…

— Arrête de me seriner avec cet endroit ! hurla Tessa. Je le hais ! Je hais ce Lac, je hais ces sales Serviteurs ! Et tu as vu les habitants de la région ? Hein, tu les as vus ? Moi, oui, je suis allée leur parler hier. Ils sont vides à l'intérieur. C'est à ça que tu veux ressembler ? À un zombie ?!

D'une traite, la princesse lui raconta les incidents de la veille, dans le Lac et dans le village. Lorsqu'elle se tut, Lomfor voulut parler mais elle l'en empêcha.

— Non, Lomfor, écoute-moi. Je te demande juste de faire tout ton possible pour nous sortir de là. Si tu m'aimes, si tu es loyal envers moi, envers mon père et le royaume qui t'a accueilli, promets-le-moi, sans te poser de question. S'il te plaît, au nom de tout ce que nous avons vécu… S'il te plaît, fit-elle, désespérée.

Lomfor était ébranlé. Il lorgnait du côté du campement où les Voyageurs commençaient à se réveiller. Il avait faim et hâte de poursuivre le chantier. D'un autre côté, il y avait Tessa qui pleurait, qui le suppliait, qui lui ordonnait de ne pas céder aux charmes du Lac, de la forêt, de ce ciel sans nuages. « Il fait beau, le paysage est magnifique, pensa-t-il en regardant les reflets du soleil sur les collines recouvertes de feuillages aux couleurs chatoyantes. Pourquoi me torturer l'esprit ? Il y a tant de travail à abattre. » Il plissa le front et se frotta de nouveau les yeux. « Quel rêve… songea-t-il encore. C'était… si doux, si agréable ! » L'immense barbare voulut se mettre debout mais Tessa fut plus rapide. Elle avait senti que son ami lui échappait.

– Très bien, siffla-t-elle, reprenant en main son épée et la pointant vers lui. Tu ne me laisses pas le choix. Je suis désolée, Lomfor, je ne voulais pas en arriver là, mais tu m'y obliges.

Avec son arme, la jeune fille força le guerrier à s'agenouiller. Puis d'une voix sèche, détachant chacun de ses mots, elle déclara :

— Moi, princesse Tessa, héritière légitime du trône d'Emeryn, je t'ordonne, à toi, Lomfor, serviteur du royaume, de m'obéir, yeux fermés, bouche cousue. Du fond de la mer jusqu'en haut de la montagne, tu iras guidé par ma voix. Par cette épée, par le sang qui coule en moi, jure-le. Obéis ou sois maudit.

Hébété, le barbare nageait en pleine confusion. Il mourait d'envie de courir, de se jeter à corps perdu dans le travail ou dans le Lac. Se dépenser et ne plus penser. Une douleur aiguë le lançait derrière les tempes. Il ne savait plus où il en était. Mais les paroles de la princesse percèrent la brume qui emprisonnait son esprit et le frappèrent en plein cœur.

Lomfor n'avait entendu ce Serment que deux fois dans sa vie. Il était pourtant inscrit à jamais dans sa mémoire, et il en était de même pour tous ceux qui l'avaient entendu. Le père de Tessa l'avait prononcé, à dix ans d'intervalle, à l'intention de deux hommes. L'un avait tenté de fuir en emportant l'une des merveilles du trésor d'Emeryn. L'autre avait projeté de tuer le roi. Le Serment exigeait un repentir dont seul le souverain jugeait ou non de la sincérité. Que l'on y réponde par la négative ou trop légèrement, et c'était l'exil, le bannissement à jamais, l'effacement de toute trace de la vie que l'on avait pu mener dans le royaume. La famille était elle aussi chassée du pays et toutes ses possessions matérielles étaient saisies pour être brûlées sur la place publique. Enfin, le nom du coupable était gravé sur la pierre de la Honte, placée en évidence à l'entrée du palais royal. Lomfor savait que cette stèle avait été installée ainsi de façon à ce qu'aucun visiteur ne puisse la manquer, car elle était restée vierge de toute inscription. Des siècles avaient passé et aucun nom n'y avait été gravé. La paix et la justice étaient telles en cette terre bienheureuse que personne ne voulait y voir son nom entaché de déshonneur.

Aujourd'hui, il n'y avait plus de royaume, plus de roi, plus de palais ni de pierre, et l'exil ne signifiait plus rien pour les Voyageurs. Mais à travers Tessa et tous ceux qui avaient survécu à l'effondrement d'Emeryn, le Serment vivait toujours. Lomfor ne pouvait imaginer un seul instant son nom se couvrir de honte. Accablé, il se jeta face contre terre, yeux et bouche clos, comme le voulait la procédure. Il attendit de sentir le plat de l'épée sur son dos pour se relever et il dit :

— Par cette épée et par le sang qui coule en moi, je le jure. Commande et j'irai.

Terrassée par l'émotion et la fatigue, Tessa tomba à genoux.

— Enfin… je te retrouve Lomfor. J'ai eu si peur. C'est toi, je le sais maintenant.

Elle se jeta dans ses bras et murmura d'une toute petite voix :

— Je ne voulais pas en arriver là. Mais il le fallait, tu comprends ?

Le barbare referma ses bras autour de son amie. La différence de taille était si flagrante entre eux, qu'un observateur aurait pu croire qu'un grand ours se penchait sur un jeune faon.

— Pardon, Tessa, pardon.

Plus tard dans la matinée, tandis que Tessa dormait enfin, Larania, accompagnée de Rhâakzi, vint chercher Lomfor. Celui-ci était assis, sa hache posée entre les genoux, et fredonnait une mélodie dans sa langue natale, l'esprit perdu dans des rêves qu'il était seul à connaître. Les deux Voyageurs n'eurent pas un regard pour la princesse endormie...

— Belle journée, Lomfor, fit gaiement la magicienne. On aurait besoin de ta force là-bas. Il y a un tronc volumineux qui pose problème.

Après un temps, le géant répondit :

— Adresse-toi à Brunhof et aux autres. La main-d'œuvre ne manque pas, non ?

Décontenancé, le Nain reformula la demande en ajoutant :

— Qu'y a-t-il ? Tu parais de sombre humeur.

Le guerrier tourna son visage vers Rhâakzi.

— Non, vieil ami. Je suis plus joyeux que tu ne le penses. Je suis plus joyeux que je ne l'aie jamais été. Car vois-tu, j'ai failli perdre une amie, Tessa, celle qui doit nous guider. Mais je l'ai gardée. Je me suis retrouvé.

Il désigna du menton la jeune fille plongée dans un profond sommeil. Comme les deux autres le dévisageaient sans comprendre, le barbare reprit :

— Elle est forte, vous savez. Aussi forte que son père, et peut-être plus encore...

— Tant mieux pour elle, Lomfor, mais les autres nous réclament là-bas et...

— Je t'ai dit non, Larania. Construisez votre village, soyez heureux. Moi, j'attends Tessa. Et si nous ne pouvons vous convaincre de quitter ce Lac, puisque c'est ce qu'elle souhaite, alors nous partirons seuls, elle et moi.

Loin sous leurs pieds, le sol gronda. Lomfor se dressa d'un bond, en alerte. Tessa gémit et se retourna dans son sommeil. Rhâakzi et Larania ne semblèrent pas prêter attention au phénomène qui s'estompa peu à peu.

– Tu nous abandonnerais ? Tu préfères accorder foi aux délires d'une gamine plutôt que de demeurer avec nous ? interrogea Rhâakzi d'une voix neutre.

Il parlait calmement et cela n'était pas dans ses habitudes. En d'autres temps, le géant aurait relevé l'insulte faite à la princesse. Mais il était encore en partie sous l'influence du sortilège et le Nain, lui, l'était complètement. Lomfor haussa les épaules.

– J'ai promis à Tessa de l'aider à nous sortir de là. Soit nous réussissons et nous restons tous ensemble. Soit nous échouons et...

– Mais enfin ! Tu n'aimes pas cet endroit ? s'agaça la magicienne.

– Si. Mon rêve le plus cher est de m'établir ici à jamais. Mais j'ai juré. Tessa m'a soumis au Serment.

Les deux autres haussèrent les sourcils. Le visage de Larania se crispa comme si elle essayait de faire remonter un souvenir du fond de sa mémoire. Froidement, Rhâakzi fit observer :

— Le Serment ! Quelle valeur a-t-il ici ? Le royaume d'Emeryn n'existe plus et le Serment a disparu en même temps que lui.

— Non, conclut Lomfor. Il vit toujours.

Il leur tourna le dos pour mettre un terme à la conversation.

Le soleil était à son zénith et la chaleur s'abattait avec vigueur sur les rives du Lac. Le barbare scrutait les alentours, attentif au moindre signe suspect. Mais il n'y avait rien d'autre à voir que l'eau et les arbres immobiles, rien d'autre à entendre que les chants qui accompagnaient les efforts des Voyageurs.

Tessa finit par se réveiller.

— Lomfor ? demanda-t-elle. Tout va pour le mieux ?

— Oui. Et toi, as-tu bien dormi ?

— Oui. Et… non. J'ai encore rêvé. Cette fois-ci, j'ai vu les Serviteurs. Ils m'appelaient. Ils voulaient que je vienne avec eux.

— Et ?

— Rien, c'est tout. Ils voulaient juste que je les suive, sous la terre, sous le Lac.

Ils discutèrent un petit moment de la conduite à adopter. Lomfor émit l'idée de soumettre tous les Voyageurs au Serment, mais Tessa s'y refusa.

— Sans doute le ferai-je, en ultime recours, lorsque nous aurons tout essayé. Mais je ne peux me servir du Serment comme d'une contrainte.

Elle ne le dit pas, mais elle se sentait misérable d'avoir fait pression sur Lomfor. Elle lui proposa d'aller visiter l'un des villages, mais celui-ci secoua négativement la tête.

— Je pense qu'il est temps que nous ayons une conversation avec les Serviteurs. Une conversation sérieuse, précisa-t-il en caressant le manche de sa hache. Oui, allons vers la Tour. Tu me racontais que tu y avais aperçu du mouvement hier.

— Oui. Et c'est aussi vers elle que les Serviteurs se sont dirigés après nous avoir conduits ici. Mais…

— Mais ?

— J'ai peur de la Tour. C'est là qu'ils souhaitent que je me rende.

Lomfor sourit.

— Ne crains rien. Je suis là maintenant. Il ne peut rien t'arriver.

La princesse resta silencieuse.

Ils marchèrent d'un bon pas en direction de la Tour. Tessa discutait beaucoup. Du voyage, de ses rêves, de l'attitude absurde de leurs compagnons. Il fallait qu'elle parle pour masquer ses inquiétudes.

L'adolescente savait que son ami était lié à elle par le Serment. Un lien fragile. Le cœur du barbare était encore auprès du Lac, elle le devinait à son air absent, aux réponses parfois décalées qu'il lui faisait et à sa démarche heurtée : il s'arrêtait sans cesse pour contempler le paysage et Tessa l'entendait parfois soupirer, comme pris de remords. Elle se força à ne pas imaginer ce qui se passerait si les Serviteurs parvenaient à reprendre le contrôle de Lomfor. Alors, elle parlait pour garder le contact avec lui, pour ne pas le laisser se perdre dans ses pensées, pour ne pas avoir peur.

Après une bonne heure de marche, ils arrivèrent en vue du donjon qui se dressait, telle une flèche hérissée, irrégulière, vers le ciel. Le sol était tapissé d'herbe rase. La Tour avait dû appartenir à un bâtiment plus vaste, dont les ruines s'éparpillaient dans un rayon d'une centaine de mètres. Tessa nota que les remparts à demi enfoncés dans le sol étaient recouverts d'une mousse ocre. Lomfor fit remarquer qu'ils provenaient de la partie supérieure du donjon : les murs gris s'interrompaient d'un coup, à une trentaine de mètres de hauteur. Plus bas, en face d'eux, au niveau du sol, un grand portail fermait l'accès à la Tour. C'était le seul élément de la construction qui paraissait en bon état.

– Quel est cet endroit ? Qui l'a construit ? murmura l'adolescente. Et quand ? Tout ici semble dater du fond des âges !

Le guerrier voulut retourner un bloc de pierre. Celui-ci s'effrita en plusieurs morceaux. Ils firent encore quelques pas vers la Tour. La princesse avait une dizaine de mètres d'avance sur son compagnon. Soudain l'air se chargea d'électricité. Tessa eut la brusque sensation que des centaines d'yeux surveillaient leur progression, cachés derrière les ruines.

– Lomfor, j'ai l'impression que nous ne sommes pas les bienvenus ! On nous observe, dit-elle.

– Ah bon ?

– On devrait rebrousser chemin, proposa-t-elle, alarmée.

– Mais non, tout va bien...

La voix de Lomfor indiquait pourtant qu'il ne s'en préoccupait guère. L'air ahuri, il regardait tout autour de lui. Depuis quelques minutes, le barbare était reparti dans l'un de ses rêves éveillés et béats où seuls importaient le ciel pur et la chaleur ambiante. Irritée, la jeune fille leva les yeux au ciel.

– Allez, on s'en va... grogna-t-elle.

Elle fit demi-tour pour aller chercher Lomfor.

À l'instant où Tessa prenait la décision de revenir sur ses pas, la terre trembla. Ce n'était plus un sourd grondement résonnant dans les profondeurs de la planète. Le bruit était proche et extrêmement violent. La surface du Lac se froissa comme sous l'effet d'un brusque coup de vent. Plus haut, sur les flancs des collines, l'adolescente vit les crêtes des arbres s'agiter dans un même frisson. La secousse parvint sous leurs pieds avant même que les deux compagnons ne le réalisent. Le tapis d'herbe ondula, se déforma. Lomfor, déséquilibré, se retrouva à terre sans comprendre. Tessa se mit à crier.

Tout autour d'elle, la terre dansait, prise de folie. Un sinistre bruit de succion s'éleva du sol, là, juste sous elle, et de larges entailles apparurent, faisant jaillir la boue par-dessus l'herbe. Le sol se déchirait, projetant de grosses mottes au hasard, réveillant maintes odeurs de racine en décomposition. À une centaine de mètres derrière la princesse, d'énormes pierres se détachèrent du haut de la Tour, chutant comme au ralenti. L'air vibrait, secoué par l'onde de choc.

Prise de panique, Tessa voulut reculer, sortir du bourbier qui menaçait de l'ensevelir mais c'était impossible, elle s'enfonçait doucement, irrésistiblement. Elle sentit que sa cheville gauche était aspirée. Son autre jambe perdit le peu d'appui qui lui restait. Elle se laissa tomber à genoux, tentant de garder son équilibre à quatre pattes sur le sol mouvant. Mais la crevasse s'élargissait et la plaque de terre dans laquelle Tessa avait planté ses ongles se désagrégea. Une terrible odeur de moisissure amenée par un courant d'air souterrain lui emplit les narines. La jeune fille n'avait plus rien à quoi se raccrocher. Dans un effort désespéré, elle se lança en avant pour tenter d'attraper le bord de la faille. Pendant un moment, elle se retrouva suspendue au-dessus du vide, cernée par un tourbillon de sons et d'odeurs venus des entrailles de la planète. Des graviers lui obstruèrent les yeux et le nez.

– Lomfor ! Lomfor ! Aide-moi !

Le barbare restait sans réaction. Il avait bien conscience que la secousse se concentrait dans un espace très étroit autour de Tessa. Il était lui-même à une vingtaine de mètres de l'épicentre et pourtant, il ne parvenait pas à se maintenir debout. Les oscillations du sol et le bruit assourdissant l'abrutissaient et lui donnaient mal au cœur. Lorsque la princesse cria, il réussit à se mettre debout. Il courut maladroitement jusqu'au bord de la crevasse. Trop tard.

La terre finit de s'effriter sous les doigts de la jeune fille et celle-ci chuta sans un cri.

– Tessa ! hurla Lomfor. Tessa !

Le corps de son amie disparut dans les profondeurs de la terre.

Le guerrier dut se jeter en arrière pour ne pas être lui-même englouti. Aveuglé par l'horreur et le chagrin, il rampa sur le sol, puis à quatre pattes. Enfin il s'effondra et ne bougea plus.

Le tremblement de terre perdit de sa puissance. Les secousses s'espacèrent et le grondement s'atténua lentement, donnant encore quelques faibles à-coups, comme un orage qui s'éloigne dans le lointain.

Lorsque tout fut terminé, Lomfor s'assit et regarda autour de lui. Ses premières impressions furent confirmées. Tout le paysage était en place, comme si rien ne s'était passé. Il n'y avait qu'aux environs de la Tour que le sol portait les traces de l'accident : là où les deux compagnons s'étaient tenus, tout n'était que boue, avec en plein milieu la terrible balafre qui avait avalé l'adolescente.

Lomfor comprit enfin. Pour la première fois depuis qu'il était arrivé au Lac, il réalisa l'ampleur de l'enchantement auquel il avait succombé. Le Serment l'avait certes tiré hors de ce rêve éveillé, mais pas complètement. Il oscillait alors entre deux mondes. Maintenant, il était totalement conscient. C'était brutal et terriblement douloureux. Il suffoqua, cherchant à libérer son cœur et ses poumons de cette immense angoisse : Tessa était probablement morte et tous ses compagnons se trouvaient sous l'emprise d'un sortilège insaisissable. Comme la princesse, il ressentait à présent toute la fausseté du paysage qui l'entourait.

Le colosse ramassa une poignée de terre : oui, c'étaient bien de la terre et de l'herbe. Plus loin, le Lac, la forêt et le ciel étaient réels eux aussi. Pourtant, tout cela n'était pas naturel, tous ces éléments masquaient une autre réalité que le guerrier ne connaissait pas, dont il redoutait qu'elle ne fût terrible. Il s'avança jusqu'à la faille. Elle finissait de se combler, des paquets de terre glissant et s'entassant les uns sur les autres. Ceci, plus que tout le reste, ôta à Lomfor ses derniers espoirs : c'était bien la tombe de Tessa qu'il contemplait.

Sur ses bras, les fins dessins tatoués s'agitèrent et prirent de l'amplitude. Une rage comme il n'en avait jamais ressentie s'empara du guerrier. Il lança un regard noir vers la Tour. Celle-ci avait souffert de la secousse. On voyait encore des filets de poussière s'écouler entre les pierres disjointes. Nombre d'entre elles avaient chuté et certaines menaçaient de le faire. Le barbare fendit le portail d'un seul coup de hache. La vibration fut telle qu'elle ébranla toute l'ossature du donjon. De nouvelles pierres en équilibre remplacèrent celles qui tombèrent alors. Lomfor dut reculer sous une averse de cailloux. Un gros bloc le manqua de peu. Il toussa, attendit quelques instants. Puis il s'élança à nouveau. Cette fois-ci, le portail se fracassa, s'arrachant des gonds qui le retenaient à la Tour. Dans son élan, il emporta la dalle de pierre qui faisait office d'arche et le mur du donjon. Aveuglé par la colère, le géant ne vit pas l'immense façade basculer lentement dans le vide. Une pluie de poussière s'abattit sur lui.

Le reste ne tarda pas à suivre.

Chapitre 7

Baignade forcée ■ Dur retour à la réalité ■ Voyages sous la terre ■ Une voix dans la tête ■ Le feu de Ôk

La poussière n'était pas encore retombée qu'un petit groupe de Serviteurs fit irruption sur les lieux. Ils débouchèrent de l'entrée d'un souterrain, qui à l'origine se situait dans la Tour : l'effondrement du bâtiment l'avait dégagée à l'air libre.

– Quel imbécile ! Quel...

L'un des Serviteurs fulminait.

– Comment croire que la colère d'un seul homme puisse abattre un donjon !

– Cet homme en vaut plusieurs. Et sa rage multiplie encore sa force, dit le chef, celui-là même qui avait terrifié Tessa quelques jours auparavant.

Les six hommes en cape regardèrent pendant un moment le guerrier inerte, à demi enfoui sous les gravats.

– C'est une chance, renchérit le chef, dont le visage émacié affichait un sourire, que cet idiot se soit tué. Cela va nous éviter d'avoir à le faire...

Comme les autres le fixaient sans comprendre, il poursuivit :

— Il nous avait échappé et nous devions le faire disparaître, sinon il serait allé prévenir ses compagnons. La contagion se serait répandue : ils sont solides ces Voyageurs, ils n'ont pas été faciles à convaincre ! Certains d'entre eux ont un peu de l'énergie de la princesse. Voyez comme elle a repris le contrôle sur ce barbare. Elle a même réussi à le faire redevenir lui-même.

— Oui, c'est vrai. Le dragon a aussi posé quelques problèmes..., remarqua le plus malingre des Serviteurs.

Une vilaine balafre coupait son visage en deux.

— Mais maintenant, tout va bien. Le barbare est mort, le dragon est conquis et la princesse, elle, n'est plus de ce monde.

— Grand est son pouvoir ! s'exclama un autre. Loué soit le Grand Être qui l'a accueillie en son sein.

Ils psalmodièrent ainsi pendant quelques instants.

— Que va-t-on faire du corps ?
— Jetez-le à l'eau !

Avec beaucoup d'efforts, les Serviteurs dégagèrent les blocs de pierre qui ensevelissaient Lomfor. Le corps meurtri du guerrier était couvert de bleus et de déchirures. Un filet de sang coulait de sa tête. Ils lièrent ses pieds et ses mains au moyen d'une grosse corde, elle-même lestée d'un lourd rocher provenant de la Tour écroulée. Puis ils le portèrent péniblement dans l'eau. Après maintes tentatives, Lomfor disparut dans le Lac.

Au moment où les Serviteurs regagnaient le souterrain, des Voyageurs apparurent dont Ôk, Rhâakzi, Brunhof et Assim. La sérénité qui baignait leur visage depuis quelques jours était voilée. Le dragon héla les Serviteurs.

– Que se passe-t-il ? Nous avons entendu un grand bruit et voilà que la Tour est effondrée !

Les Serviteurs s'arrêtèrent dans leur mouvement. Le chef grimaça ; il fit signe à ses compagnons de l'attendre et se dirigea vers les Voyageurs.

– Hmm, alors, qu'est-ce qui pourrait troubler votre installation ici ? demanda-t-il d'une voix douce. Je vois vos traits tirés par l'inquiétude ! Les grondements de cette terre en seraient-ils la cause ?

Sa manière de s'exprimer avait ce pouvoir particulier de donner à chacun de ses interlocuteurs l'impression que l'on s'adressait à lui personnellement. Les Voyageurs se sentirent soulagés. Assim éprouva même un peu de remords à se trouver ici à discutailler, alors qu'il y avait tant à faire au village. Le Serviteur poursuivit de son ton lénifiant :

— Tout cela est de ma faute...

Pour Rhâakzi, il était inadmissible que cet homme, si bon avec eux, puisse s'accuser de quoi que ce soit.

— Oui... de ma faute. Je ne vous ai pas prévenus. La terre, dans cette vallée, est instable. Non pas que ce soit dangereux, grands dieux, non. Mais elle vibre, elle gronde, elle s'agite. Elle montre qu'elle est là. Elle est vivante ! Ne soyons pas inquiets et réjouissons-nous ! Car c'est la rançon qu'il nous faut payer pour jouir de la splendeur de ce Lac.

Les Voyageurs pensèrent que le prix, en effet, n'était guère élevé s'il fallait parfois entendre la terre trembler pour bénéficier de la beauté et des bienfaits de la vallée. Mais Ôk se dit aussi que si ces grondements n'étaient pas dangereux, ils avaient tout de même provoqué l'écroulement du donjon. Si quelqu'un s'était tenu dessous... Cela lui rappela qu'il n'avait pas vu Tessa ni Lomfor depuis un bon moment. Il fit un effort sur lui-même pour interrompre le discours du Serviteur.

— Nous... nous cherchons aussi deux de nos compagnons. Savez-vous où...

— Il ne nous appartient pas de suivre vos pas, fit le Serviteur d'une voix plutôt sèche, et tous ceux qui assistaient à la conversation eurent l'impression que Ôk se faisait gronder comme un enfant.

Le chef adoucit légèrement sa voix :

— Non, nous ne les avons pas vus. Mais pour vous rassurer, sachez qu'ils ne risquent rien ici. S'ils sont partis se promener autour du Lac, ils seront de retour dans peu de temps, ce soir, demain au plus tard. Qui sait ? Chacun ici est libre de...

— Et s'ils tombent dans le Lac ? Je veux dire, s'ils sont jetés attachés dans le Lac après avoir reçu une tour en ruine sur la tête, combien de temps leur faudra-t-il pour revenir à votre avis ?

Le chef des Serviteurs s'apprêtait à répondre lorsqu'il réalisa qui avait posé la question. Il se retourna, le visage livide.

— En ce qui me concerne, il ne m'a fallu que quelques minutes pour me débarrasser des rubans dont vous m'avez orné les pieds et les poings, puis pour sortir de l'eau, reprit Lomfor.

Il s'ébroua et marcha tranquillement vers le Serviteur. Celui-ci vit les grands serpents d'encre tatoués qui couraient le long des épaules du barbare. Il recula en bredouillant.

– Mais ! Comment est-ce possible ? Que faisiez-vous dans le Lac ?

– Ça, mon gars, c'est toi qui vas me l'expliquer.

Lomfor attrapa l'homme par le cou et le souleva jusqu'à coller son visage contre le sien.

– Où est Tessa ?

– Je ne sais... pas... de... quoi vous...

Le Serviteur haletait. Lomfor lui décocha une terrible gifle.

– Mauvaise réponse. Essaye encore.

– Je...

Le chef se tortilla :

– Elle... est morte dans le tremblement de terre, vous le savez.

Du coin de l'œil, Lomfor vit Rhâakzi et ses compagnons se figer. D'un ton pâteux, comme s'il essayait de s'extraire d'un rêve, Assim demanda :

– Comment le sauriez-vous, puisque vous venez de dire que vous n'aviez vu ni Tessa ni Lomfor ? Et toi Lomfor, où étais-tu ? Tu es blessé... Oh ma tête ! Je ne comprends pas ce qu'il y a...

– Où est Tessa ? cria Lomfor, en giflant l'homme à nouveau.

– Vous... ne pouvez... plus rien... Elle... Elle est... hors de votre portée.

Malgré sa position inconfortable, le Serviteur réussit à détourner les yeux vers ses complices qui attendaient près de l'entrée du souterrain. Il n'en restait plus qu'un, les autres avaient détalé.

Tout s'était déroulé très vite. Les Serviteurs du Lac avaient compris que les choses s'engageaient mal lorsque Lomfor avait surgi de l'eau. Ils s'étaient engouffrés prestement dans le tunnel. Mais le dernier d'entre eux capta le regard de son chef, pris à la gorge par le géant. L'air vibra entre eux deux. L'instant d'après, l'homme que tenait Lomfor entre ses mains fut saisi de convulsions. Il voulut parler, s'étrangla et mourut. Ses yeux se révulsèrent. Dans la même seconde, sa peau se dessécha. Le chef des Serviteurs passa de l'état de cadavre à celui de momie, avant de finir en squelette. Stupéfait, Lomfor vit le corps disparaître en poussière entre ses doigts.

Les Voyageurs restaient bouche bée, abasourdis. Tessa était morte ! Ils étaient tombés dans un piège. Mais le sortilège faisait toujours son effet et perturbait leurs raisonnements. Le barbare connut un bref instant de panique, en voyant ses amis errer dans le dédale de leurs pensées. Comme fou, il alla de l'un à l'autre, les secouant, les suppliant de se ressaisir. Ôk fut le premier à sortir de sa léthargie. Rhâakzi fut le plus difficile à convaincre : il refusait de quitter son état d'hébétude, réclamant de toutes ses forces que la quiétude du paysage estompe les atrocités auxquelles il venait d'assister. Lomfor dut employer la manière forte et cela fit ricaner Brunhof, signe que celui-ci avait en partie retrouvé ses esprits. Après le deuxième coup de poing du géant, le Nain se releva, rouge de colère.

– Non mais dis, grand idiot, tu me fais mal ! Tu veux te battre, c'est ça ? Laisse ta hache et approche donc…

Il prit soudainement conscience de ce qui s'était passé et s'effondra sous le regard de ses compagnons.

– Oh ! Nous avons failli à notre tâche. Nous avons trahi Emeryn. Nous avons abandonné Tessa. Nous sommes… Nous sommes perdus !

Ôk le releva :

– Non, Rhâakzi, tout n'est pas perdu.

En prononçant ces mots, il espérait que le Serviteur avait menti. Que Tessa n'était pas morte.

Lomfor organisa leur groupe et emmena le Nain, le chevalier et l'Elfe à la poursuite des Serviteurs dans le souterrain. Ôk, lui, n'avait pas forcément la mission la plus facile : il devait retourner au village et convaincre les autres Voyageurs de se préparer à partir.

Tout comme son entrée, le souterrain avait été construit par la main de l'homme, vraisemblablement à la même époque que la Tour. L'escalier en pierre dure descendait rapidement en droite ligne sous la terre. Après une trentaine de marches, la progression des quatre Voyageurs devint malaisée. Le sol était humide et surtout, ils ne distinguaient plus rien.

– Il faudrait aller quérir des torches, dit Brunhof en regardant derrière lui.

L'entrée du tunnel brillait tout là-haut, petit carré bleu entouré de noir.

– Et des armes ! grommela Rhâakzi. Je n'aime pas trop me battre à poings nus.

– Nous n'avons le temps ni pour les unes ni pour les autres, répondit Lomfor. J'ai ma hache et Assim lui n'a pas besoin de lumière pour se repérer dans l'obscurité.

L'Elfe aux yeux de chat prit la tête du groupe et ils continuèrent à descendre, lentement. Un peu plus tard, Assim dut les guider à haute voix et les tenir par la main, leur demandant de se méfier ici d'un bloc de pierre tombé en travers du passage, là d'un trou dans le sol. Les pierres étaient disjointes et laissaient apparaître de larges fissures remplies d'eau. Le chemin se mit brusquement à tourner, sans que se présente pour autant le moindre embranchement. Lomfor avait beau tendre l'oreille, il n'entendait pas d'autres bruits que celui de leurs pas et celui, éprouvant pour les nerfs, des gouttes d'eau suintant du plafond.

Au bout d'une demi-heure d'une telle marche, les Voyageurs n'eurent plus besoin du talent d'Assim. Au fur et à mesure de leur avancée, une douce lueur bleutée s'élevait du sol et des parois. La lumière phosphorescente provenait d'une mousse épaisse, aux longs filaments humides et spongieux. Aucun des compagnons ne s'avéra capable d'identifier cette végétation. Sa principale caractéristique suffit à leur faire passer l'envie de la toucher à main nue : lorsqu'on la frôlait du pied, elle se rétractait avec un sinistre bruit de succion avant de se redéployer de façon plus agressive.

Dégoûtés, les Voyageurs accélérèrent le pas et ils se retrouvèrent bientôt les chevilles prises sous la mousse. Les quatre amis s'enfoncèrent plus loin encore sous terre. Après un passage en coude d'une centaine de mètres – où la pierre, mangée par la mousse bleue, avait complètement disparu –, le souterrain s'arrêta brusquement. Les guerriers jurèrent tous en même temps. Le tunnel s'ouvrait sur une large et haute caverne dévorée par une flore démentielle. Les arbres, les mousses et les herbes affichaient des couleurs allant du mauve au rouge, en passant par le rose et l'orange. Tout cela semblait animé d'une vie écœurante qui oscillait, se balançait, respirait, relâchait des milliers de spores s'envolant vers les hauteurs avant de retomber en pluie scintillante. La lueur bleue était ici aveuglante et l'odeur de pourriture quasi insoutenable. Près d'un bosquet de champignons de la taille de Lomfor, trois galeries se présentèrent à eux. Assim indiqua deux autres ouvertures masquées par un amas de lianes.

– Qu'est-ce… ?

Brunhof restait abasourdi.

– Qu'est-ce qu'on fait ? On se sépare ou on reste ensemble ? demanda Rhâakzi.

– On fonce ! répondit Lomfor.

Et il s'élança vers le souterrain le plus proche. Un grondement menaçant se fit entendre sous le sol. Ébranlés par la vibration, des paquets de végétation se détachèrent des parois et chutèrent avec un bruit mou.

– Courez ! cria Lomfor, déjà bien engagé dans la portion de tunnel qu'il avait choisie. Trouvez Tessa, vite !

Tessa ne savait pas si elle était éveillée ou endormie, morte ou vivante. Elle errait dans un labyrinthe de pierre et de mousse, d'arbres et de tunnels. Où était-elle ? La jeune fille n'en avait aucune idée. Elle appelait Lomfor et le visage de son ami apparaissait dans l'air. Elle appelait son père et le visage de celui-ci se dessinait sur la végétation phosphorescente. Elle s'appela elle-même et son double surgit devant elle. L'adolescente nageait dans un délire d'odeurs, de sons et d'images. Curieusement, son inquiétude était liée au sort de ses compagnons et non au sien.

Après le tremblement de terre et sa terrible chute dans la faille, Tessa avait atterri sur un tapis végétal, moelleux et profond, soulevant un nuage de feuilles et de particules mystérieuses. Elle avait respiré ce nuage et avait dû s'empoisonner. Ses hallucinations avaient débuté peu de temps après. Depuis, elle marchait au hasard, les mains tendues devant elle comme une aveugle, avec l'espoir de trouver une issue à ce cauchemar.

Tessa ne s'inquiétait pas pour elle parce qu'elle pensait à Lomfor. Elle l'avait sauvé du sortilège et elle espérait de toutes ses forces qu'il était en train d'alerter les autres, qu'il réussirait à les persuader de revenir à la raison. Dans son délire, la jeune fille se mit à entrevoir des bribes d'images, sans savoir si elles représentaient la réalité ou si elles n'étaient qu'un rêve. Elle vit la Tour du Lac s'effondrer, Ôk et Larania s'arrêter de travailler, alarmés par les grondements lointains, Lomfor prisonnier des gravats.

– Ce que tu vois n'est pas une hallucination, jeune humaine. C'est la réalité.

Tessa sursauta. D'un seul coup, toutes les images disparurent. Elle se retrouva dans un tunnel aux pierres usées et à moitié mangées par une mousse de champignons bleus.

– Qui… qui êtes-vous ? murmura-t-elle.
– Avance et tu le sauras.

La voix résonnait dans ses oreilles comme le propre écho de ses pensées. L'adolescente se laissa tomber sur le sol. « Je deviens folle. Je deviens folle. »

— Relève-toi. Avance jusqu'au bout de ce tunnel. Je suis là.

— Non ! Non ! Je ne veux pas.

— AVANCE !

La voix explosa dans la tête de la princesse. Elle se tint les tempes entre les mains et supplia :

— Ne criez pas, par pitié, ne criez pas.

Pas à pas, s'appuyant aux murs en prenant garde de ne pas toucher l'humus écœurant, Tessa marcha dans le couloir. Elle savait ce qui l'attendait tout au bout. Oui, elle le savait. Elle l'avait vu, un jour, au fond des yeux de cet homme étrange. Et aussi dans un cauchemar. Le sol bougeait sous ses pas et un mal de tête atroce la harcelait. Pour tenter d'oublier la douleur, Tessa se remit à parler.

— Que voulez-vous de nous ?

— C'est toi que j'attends. Je te cherche depuis longtemps.

— Vais-je mourir ?

— Je te propose la Vie Éternelle.

Tessa pleura tout doucement :

— Pourquoi moi ?

— Parce que tu as le pouvoir.

— Mais quel pouvoir ?

Elle était presque arrivée. À une vingtaine de mètres devant elle, le couloir s'élargissait et s'ouvrait sur un espace dont elle ne percevait pas les limites. Là-bas, elle crut repérer une grande ombre mouvante.

— Tes rêves, humaine, tes rêves me sont précieux. Toi et moi, avec ce que je sais faire, avec ce que tu peux faire... nous serons des dieux.

Tessa s'arrêta pour reprendre haleine.

— Comment me parlez-vous ?

— J'utilise les mots qui existent dans ton cerveau. Je peux faire cela. Et beaucoup d'autres choses encore. Veux-tu savoir quelles choses ?

Tessa ne voulait rien savoir, elle voulait juste que ce cauchemar et cette souffrance cessent. Mais elle répondit par l'affirmative. La voix prit un ton d'évidente fierté.

— Je peux créer un monde. Je peux faire vivre des créatures dans ce monde. Je peux aussi leur ôter la vie...

À ce moment, Tessa eut une brève vision des Serviteurs du Lac qui couraient dans un souterrain semblable à celui où elle se trouvait. Ils trébuchèrent soudain et tombèrent. Leurs corps se desséchèrent subitement et se désintégrèrent en poussière qui flottèrent un moment dans l'air avant de disparaître. Tessa demanda :

— Mais pourquoi ? Si vous savez faire cela, c'est que vous êtes déjà un dieu. Que puis-je apporter de plus ? Laissez-moi, je vous en prie. Je ne suis qu'une Voyageuse. Je n'ai pas de pouvoir. Et si j'en ai un, je ne peux m'en servir...

— Je t'apprendrai à l'utiliser. Et grâce à lui, j'étendrai mon influence, *notre* influence, sur le reste de ce monde.

Tessa n'était plus qu'à quelques mètres de la sortie du tunnel. Elle voyait maintenant une grande partie de la caverne vers laquelle elle se dirigeait : elle était si large, si haute que la jeune fille n'en apercevait pas les bords. La mousse s'arrêtait là. Dans la caverne, la pierre humide reprenait ses droits. Un peu plus loin, une forme immense, plus sombre encore que l'obscurité dans laquelle elle était plongée, remua.

Et la terre trembla.

Tessa fit les derniers pas qui la séparaient de la grotte.

En entrant dans le vaste espace, elle sentit des courants d'air effleurer ses cheveux. La secousse tellurique, là-bas dans les profondeurs, parut décroître. Elle entendit alors le clapotis de la pluie. Après un moment, Tessa comprit qu'elle devait être sous le Lac, et que les gouttes d'eau suintaient du plafond, perdu dans des hauteurs invisibles. La jeune fille progressa encore et se retrouva au milieu d'une forêt incroyable de stalactites et de stalagmites reflétant la lueur bleuâtre de la mousse du souterrain. Elle eut le temps d'apercevoir d'autres entrées dans la caverne.

— Te voilà enfin, jeune humaine… Si longtemps je t'ai cherchée. Viens, approche !

Tessa vit alors le Grand Être.

La colère de Ôk atteignait des sommets. Contre les Serviteurs qui l'avaient manipulé, contre les Voyageurs qui s'étaient faits leurs complices sans le savoir, contre lui-même qui avait succombé à ce charme… Il s'énervait tout seul en marchant d'un pas rapide vers le campement.

Larania, hilare, cria gaiement en l'apercevant. Aidée par Enethen et deux jeunes filles elfes, elle transportait de gros tasseaux de bois vers la maison dont les structures commençaient à prendre forme.

— Ôk ! Saurais-tu où se trouvent Lomfor et Brunhof ? Nous avons besoin de quelques paires de bras.

Enethen se mit à chanter à tue-tête :

« *Quand je serai dans ma maison,*
Je préparerai une soupe aux lardons
Et je sais qu'il dira : « *Hum, comme c'est bon !* »
Et je l'embrasserai, mon fier dragon. »
Les quatre femmes explosèrent de rire.
— Tais-toi, stupide comtesse. Tu es grotesque, puérile, inutile, méchante, vaniteuse, dit sèchement Ôk, se réjouissant secrètement du fait qu'Enethen, ensorcelée, ne pouvait réagir à ses paroles.

Ôk allait se régaler à secouer tous les autres Voyageurs qui se vautraient dans une hébétude béate. Maintenant que le dragon n'était plus sous le joug des Serviteurs, il réalisait à quel point ils avaient l'air ridicule. Une rage profonde l'animait et — il devait l'admettre —, c'était terriblement bon : durant toute sa vie, il ne s'était jamais permis un tel débordement d'émotion.

Les Voyageurs travaillaient, certes, mais sans réelle organisation. Beaucoup de leurs efforts se voyaient annulés ou détournés de leur fonction première. Leurs mouvements engourdis, maladroits, leurs manières d'être et de chanter bêtement leur donnaient l'apparence inquiétante de fous ou de drogués. Ôk comprit que le charme du Lac finissait par avoir raison d'eux. Tessa était dans le vrai. Honteux, le dragon pensa à ce que la jeune fille avait dû subir, de sa part comme de celle des autres.

— Larania, Enethen... et vous, amis Voyageurs ! tonna-t-il.

Le grondement de sa voix porta jusqu'à la maison où œuvraient les compagnons. Surpris, tous cessèrent leur travail.

— Il nous faut fuir. Et vite ! Tessa a disparu, Lomfor et trois guerriers sont partis à sa recherche. Nous sommes en danger. Réunissez vos affaires et partons sur-le-champ !

Un silence glacial accueillit ces paroles. Le vieux chef allait poursuivre mais Larania se mit à rire.

— Sacré Ôk, tu es un vilain petit blagueur. J'ai failli te croire !

Un éclat de rire général retentit et les chansons reprirent de plus belle.

« Nous avons un bon dragon
Tison li, Charbon la
Nous avons un bon dragon
Qui fait d'beaux feux de joie... »

Le chef des Voyageurs lâcha un grognement d'étonnement et de satisfaction. « Très bien, pensa-t-il, ils me facilitent la tâche ! » Il bouillonnait. Un sourd grondement remonta de ses entrailles et un filet de fumée sortit par ses narines. Ses yeux virèrent au blanc et devinrent vitreux… Il tendit le cou pendant que sa mâchoire était secouée de spasmes.

Ôk n'était ni un dragon de combat ni un dragon sauvage. Sa taille n'en faisait pas un être impressionnant. Hormis dans sa tendre jeunesse, il n'avait jamais craché de flammes. Pour ses compagnons qui ne l'avaient jamais vu en colère, le feu de Ôk s'était éteint, pour toujours.

Lorsque le dragon se laissa aller, toutes les colères, toutes les frustrations qu'il avait réprimées – parce qu'il devait donner l'exemple en tant que guide des Voyageurs – se libérèrent en un seul jet. Un fabuleux torrent de flammes jaillit de sa gueule et se déversa loin devant lui, consumant l'air et la terre, ternissant même l'éclat du soleil pendant quelques secondes. L'espace d'un instant, le dragon crut qu'il avait été trop fort. Il voulait secouer ses compagnons, les réveiller, pas les brûler vifs !

Les structures de la maison en construction reçurent le feu de plein fouet : elles s'embrasèrent et s'effondrèrent en un tas de cendres noires. Certains Voyageurs, stupéfaits, les cheveux roussis et les vêtements brûlés, poussèrent des cris. Au même moment, le paysage vacilla. Le ciel fut moins bleu, les arbres se transformèrent en pieux noircis. Le Lac, lui, apparut comme une étendue de boue.

– Que se passe-t-il ? murmura Larania, choquée.

L'illusion cessa et le Lac redevint ce qu'il était : un lieu enchanteur. Mais les Voyageurs savaient désormais que quelque chose n'allait pas ; ils hésitaient, regardant tour à tour Ôk et les restes de l'habitation. Hagards, ils avaient sur leur visage l'expression de ceux qui se réveillent en plein cauchemar, au milieu de la nuit.

Épuisé, Ôk referma la gueule et tituba. Le feu qu'il avait craché avait manqué de le consumer. Il faillit perdre conscience tant les brûlures, dans sa gorge et dans son ventre, étaient douloureuses.

– Comprenez-vous maintenant ? coassa-t-il, la voix brisée.

Et son appel finit dans une déchirante quinte de toux. La magicienne le regarda : elle oscillait entre la colère, le doute et le soulagement. Elle courut vers lui.

– Prends le commandement, souffla le vieux chef. Je n'en… puis plus ! Fais-nous sortir de cette vallée maudite…

Haletant, il ferma les yeux. La tête lui tournait. Larania semblait à présent tout à fait consciente.

– Et Tessa ? Lomfor ? Où sont-ils ?
– Trop… tard pour la princesse… Lomfor… Brunhof…

Ôk s'évanouit. Larania se pencha vers lui, vérifiant qu'il vivait encore. Elle était défaite. Une rage semblable à celle du dragon emplit son cœur lorsqu'elle réalisa la machination opérée par les Serviteurs. Elle brûlait d'envie d'en découdre avec eux, mais il lui manquait tellement d'informations ! Aussi choisit-elle de suivre les conseils de son vieil ami Ôk.

La magicienne commença par rameuter ses troupes. Elle eut moins de mal pour cela que Ôk. Les Voyageurs étaient ébranlés, mais ils étaient désormais libérés de l'enchantement.

Tandis qu'ils se mettaient enfin en route, tournant le dos au Lac pour se diriger vers les collines boisées, l'armée des Serviteurs apparut.

Chapitre 8

Voyage dans les étoiles ■ Les rêves du Grand Être ■
La tentation de Tessa ■ Persévérance ■ Drôles de
combats ■ Fuites diverses ■ La vallée du Lac

— Qui êtes-vous ? murmura Tessa en reculant, le souffle coupé. Vous ne pouvez pas exister… Mais qui êtes-vous donc à la fin ?

Elle tourna les talons pour s'enfuir mais la créature fut plus rapide.

— Qui je suis ? Ouvre ton esprit, humaine. Et vois !

La jeune fille voulait courir de toutes ses forces, mais elle n'y arrivait pas et restait totalement paralysée. Puis elle se sentit tomber en arrière. Luttant contre l'inconscience, elle se releva et chercha alors à ramper vers l'entrée du tunnel. Après une ou deux tentatives, elle s'effondra et ne bougea plus, plongée dans le coma. Dans l'obscurité de la grotte, l'ombre s'avança. À la lueur de la mousse apparurent de longs serpents noirâtres dotés d'appendices aveugles. Ils progressaient tout doucement, en tâtonnant. L'un d'entre eux trouva le corps inanimé de Tessa. Les tentacules se dirigèrent vers elle dans un même mouvement.

Tout était sombre, noir. Il n'y avait rien, juste du vide.

Une lueur apparut, loin, très loin, hors de portée de tout. Une autre scintilla, puis encore une autre. Une à une, les étoiles s'allumèrent.

Dans son inconscience, la jeune fille eut un sursaut. Elle n'était plus sur sa planète, elle flottait dans l'espace. « Non, dit une voix dans son cerveau, tu es toujours dans ton monde. Mais tu rêves. Tu es dans les pensées du Grand Être, dans ses souvenirs. »

Aussitôt, autour de Tessa, le cosmos changea. L'un des petits astres se mit à grossir. Il devint si énorme qu'il remplit le champ de vision de l'adolescente. Celle-ci s'aperçut que ce n'était pas une étoile, mais plutôt l'explosion d'une étoile. Cette boule de feu qui grandissait n'était qu'un nuage de gaz incandescent, déplacé par le souffle de l'explosion. Un point noir fuyait la poche de gaz chauffée à des températures cosmiques. C'était le Grand Être. Tessa vit qu'il s'échappait de son monde en fusion, brûlé par des éclairs qui faisaient des millions de fois sa taille.

Il y avait d'autres créatures comme le Grand Être, mais aucune n'allait dans la même direction. Le temps passa et la distance entre les créatures s'accrut jusqu'à ce que le Grand Être fût seul dans l'univers, éloigné de toute vie par des distances qu'aucun cerveau ne pouvait concevoir. Le temps s'écoula encore et la souffrance de l'Être commença à le dévorer. Il s'en réjouissait parce que cela signifiait qu'il vivait toujours.

Il croisa des soleils naissants et des soleils mourants, il croisa des formes de vie se nourrissant du vide lui-même. Il évolua près de terres qu'il savait accueillantes, remplies d'une vie qui aurait suffi à le contenter pour l'éternité. Mais il dépérissait, s'affaiblissait et ne parvenait plus à contrôler sa direction. Tout ce qu'il apercevait disparaissait aussitôt derrière lui, avalé par la nuit noire du cosmos. Il traversait l'univers aussi vite qu'un rayon de lumière. À un moment, alors que le Grand Être pensait qu'il allait enfin mourir, il trouva sur sa trajectoire une minuscule planète. Elle était composée de roche, de terre et d'eau. Exactement comme son défunt monde. Il se prépara au choc, lequel survint quelques secondes plus tard.

Tessa, toujours inconsciente, assista à la formidable collision entre la créature et la planète. La terre entière en fut ébranlée. L'intensité de l'impact fut telle que des pans entiers de montagnes s'écroulèrent, soulevant les eaux et pulvérisant une partie de l'écorce terrestre dans l'atmosphère. La violence des tempêtes et des raz de marée qui suivirent ne fut égalée que par celle des tremblements de terre. L'Être survécut tant bien que mal à cette chute. Son voyage interstellaire avait épuisé ses forces. Son brusque atterrissage l'amena aux portes de la mort. Il survécut, même s'il ne pouvait plus bouger. Il appela désespérément mais personne ne vint : il sombra alors tout doucement dans la somnolence.

Le monde, lui, était jeune. Il ne lui fallut que quelques milliers d'années pour refermer les plaies ouvertes par l'intrusion de la créature. Un lac se forma au milieu de hautes collines. Bientôt la vie prit possession de la planète, de ses plaines, de ses océans et de ses montagnes.

Mais pas là. Pas autour de ce Lac.

Le temps n'y était pas le même, la chaleur non plus. Le ciel aussi semblait différent. En pensée, la créature enfouie s'efforçait de recréer son monde d'origine, une illusion de vie telle qu'elle était dans ses souvenirs. À cet endroit, une flore étrange se développa maladroitement. Mais, trop faible, le Grand Être ne réussit qu'à faire pousser de longs filaments décolorés, exsangues et nauséabonds. Ce n'était qu'un leurre et un piètre résultat.

Tessa aurait voulu que tout cela cesse. C'était trop grandiose pour son esprit, trop magnifique, trop tragique. Trop d'images, trop de sensations. Elle assista cependant à l'apparition de la vie animale sur la planète, et à l'évolution de certains animaux en hommes, qui prirent possession des terres vierges s'offrant à eux.

Un jour, un petit groupe d'humains s'établit près du Lac. Le Grand Être sentit l'énergie et l'intelligence qui émanaient de cette espèce : il sut alors qu'il pouvait être sauvé. Ses pensées s'introduisirent dans celles des hommes et c'est ainsi qu'il leur vola leur force, leurs sensations, leur soif de vivre. La créature convertit cette énergie pour alimenter ses propres rêves. Autour du Lac, la végétation poussa et s'éleva follement vers le ciel. Les nuages furent chassés, la pluie oubliée. Ce n'était qu'une illusion, mais cela ressemblait de plus en plus à la planète natale du Grand Être.

Les hommes du Lac, eux, ne surent pas que c'était irréel. Ils contemplèrent ces belles forêts, cette vaste étendue d'eau et profitèrent de la douce chaleur qui régnait là. Ce qui n'était pour eux qu'une simple halte devint leur destination finale. Pourquoi aller plus loin quand on habitait le paradis ? Puis d'autres humains se joignirent aux premiers arrivants. L'Être se servit d'eux et de leur force vitale, et la flore s'épanouit encore. Les hommes oublièrent bientôt de manger, de dormir et de parler. De vivre. Mais ils ne mouraient pas tout à fait, car dans ses pensées, la créature les maintenait artificiellement en vie. Les humains perdirent leur âme. Il ne furent plus que des corps, de pauvres zombies errant sans but.

Vint le moment où l'Être voulut davantage. Il avait fait renaître cette région, il pouvait agir à plus grande échelle. Mais il lui fallait d'autres cobayes. Il redonna la parole à certains de ces zombies, ainsi qu'une apparence décente. Il les appela « Serviteurs » : ceux-là iraient sur les chemins trouver d'autres humains. Ils les attireraient ici pour que lui, le Grand Être, s'en nourrisse. Ceux-ci commencèrent à affluer, par dizaines, puis par centaines...

Siècle après siècle, la créature se remplit de force. Un jour, elle sentit la présence de Tessa.

Son pouvoir, ses rêves et sa formidable envie de vivre faisaient d'elle un être exceptionnel !

La princesse vit comment elle et les siens furent abordés puis charmés par les Serviteurs. En spectatrice, elle assista aux scènes terribles qu'elle avait vécues : la baignade dans le Lac, la tentation de la Tour, le tremblement de terre... Tous ces efforts pour l'attirer, elle, dans la caverne. Le passé rejoignit le présent et la jeune fille sut que les visions avaient pris fin. Dormait-elle, était-elle éveillée, quelle importance maintenant ?

— Tu sais tout, humaine. Partage ton pouvoir et nous pourrons alors parcourir nos terres.

— Pourquoi ne le prenez-vous pas ? Vous en avez la capacité !

— Si je le prends, je te tue. Si je te tue, ton don disparaît...

— Mais, les Serviteurs du Lac, vous les...

— Ce ne sont que des corps vides à qui je prête mes pensées.

Tessa le savait. Elle ne voulait pas se l'avouer, mais elle le savait.

— Et les gens qui vivent autour du Lac ?

— Des zombies eux aussi.

— Mais mes compagnons n'en sont pas, eux !

— Non. Pas encore. Mais bientôt, quand j'aurai bu leurs pensées.

Bizarrement, le ton de la créature prit des inflexions suppliantes.

— Tessa. Donne-moi ton pouvoir…

Une nouvelle fois, Tessa allait refuser. Mais elle voulut en savoir plus. Elle ne comprenait pas comment son don de voir le futur en rêve pouvait servir les desseins du Grand Être. Elle le lui demanda et il répondit :

— Tu ne sais pas te servir de tes rêves. Ils doivent être guidés pour être utiles. J'ai créé cette région par la seule force de mon esprit. Toi, tu peux voir le futur. Te rends-tu compte de ce que cela signifie ?

— Et si je n'ai pas envie de voir le futur ?

La créature ne dit rien mais la terre trembla et la jeune fille ressentit cette colère à travers son sommeil.

— Tu refuserais de voir le futur ? Imagine un instant que chaque humain de ce monde vienne te questionner sur son avenir… Tu serais une reine, tu serais adorée ! Et moi, je deviendrais plus puissant encore…

Pendant qu'il parlait, l'Être fit surgir de nouvelles images dans le sommeil de Tessa. Celle-ci se vit dans la plus haute chambre d'un immense palais. Tout en bas, une colonne de pèlerins attendait que des gardes, *ses* gardes, les introduisent dans la Chambre des divinations. L'Être continuait :

— Tu serais riche, respectée. Toi et ton peuple, vous êtes à la recherche d'un endroit pour construire un village… Moi, je te propose un pays entier et un palais, comme celui de ton père. Ton royaume serait dix fois plus grand que le sien.

Dans l'esprit de Tessa défilait une série d'images : elle, à la tête d'une formidable armée avançant sur une large route parmi les champs de blé, saluant une foule qui acclamait son nom. La résolution de Tessa faiblit.

— Oui, murmura-t-elle, ce serait folie que de refuser ce pouvoir. Mais que dois-je faire ?

La créature ne put réprimer un élan de joie. L'humaine était en train de céder.

— Pas grand-chose. Tu dois juste partager tes rêves avec moi, unir tes visions aux miennes.

— C'est tout ? Est-ce douloureux ? interrogea la princesse d'une toute petite voix.

L'Être rit.

— Rêver, dormir, cela fait-il mal ? Non, bien sûr que non !

La pression de la créature s'accentua. Tessa chevauchait maintenant un magnifique cheval noir et blanc. Devant elle s'ouvraient mille routes, mille paysages. À ses côtés venaient Lomfor, Ôk et tous les Voyageurs. Il y avait aussi les Joyeux Baladins qui l'acclamaient, chantaient ses louanges. La princesse avait le cœur gonflé d'amour et d'orgueil. Elle n'avait qu'un mot à prononcer et tout cela serait à elle.

Mais quelque chose n'allait pas. Parmi tous ces visages rayonnants, il en était un qui ne souriait pas. Celui d'une fillette. Son regard sombre fixait Tessa. Elle ouvrit grand la bouche et hurla :

– Non, Tessa. NON !

La voix de l'Être couvrit l'appel de l'enfant :

– Tessa, j'attends ta réponse. M'ouvriras-tu ton esprit ?

La créature suppliait.

La princesse réalisa brusquement. Viq… c'était la voix de Viq qui la mettait en garde. Viq, l'amie de Timott et de Luq, les Joyeux Baladins. Tessa retrouva brusquement sa lucidité. Tout ceci n'était… qu'un fantasme, un rêve délirant initié par le monstre. La jeune fille eut peur : qu'avait-elle pu dire au Grand Être ?

– NON ! cria-t-elle. Non, non et non, je ne vous donnerai jamais mes rêves. Je ne veux pas lire le futur !

Les quatre compagnons se retrouvèrent une nouvelle fois, à l'embranchement qu'ils avaient quitté quelques instants plus tôt. Brunhof explosa :

— Ce labyrinthe puant me sort par les yeux. Si nous ne découvrons pas une issue rapidement, je vous prév...

— Chut ! fit Assim, le corps tendu. Entendez-vous ?

— Non, maugréa Rhâakzi. À part les bruits de déglutition de cette saleté de mousse, je n'entends rien. Où sont passés ces maudits Serviteurs ?

Les guerriers se turent et ils crurent discerner un faible éclat de voix. Cela venait de leur gauche, du tunnel que Brunhof avait exploré.

Lomfor s'y engouffra en coup de vent, les autres sur ses talons. Ils faillirent dépasser la petite ouverture au niveau du sol, à demi mangée par le lichen phosphorescent. Seuls la vigilance et les yeux acérés de l'Elfe leur permirent de ne pas la manquer. À genoux, Assim dégagea la végétation pourrie.

— On dirait qu'il y a un second tunnel de ce côté. Mais nous ne passerons pas. Enfin pas tous...

C'était le seul chemin que les Voyageurs avaient à leur disposition : ils avaient exploré tous les autres.

Rhâakzi, le plus menu d'entre eux, parvint péniblement à se faufiler dans le trou. Jurant, pestant, il fut pris de panique lorsqu'il se sentit bloqué au niveau de la taille. Lomfor le poussa et le Nain tomba sur le sol, la tête la première. Le nouveau souterrain était situé plus bas que le précédent. Le géant tendit sa hache à Rhâakzi qui agrandit l'ouverture. Un travail malaisé, car l'arme de Lomfor n'était pas conçue pour être manipulée dans une galerie aussi étroite. Rhâakzi arriva pourtant à dégager un espace suffisamment large pour que le colosse s'y introduise. Une fois de l'autre côté de la faille, les compagnons hésitèrent sur la route à suivre. Le faible écho qu'ils avaient entendu un peu plus tôt s'était évanoui. Ils s'enfoncèrent davantage. Ils se perdirent encore, errant longuement dans une moiteur obscure et nauséabonde, à travers des corridors qui n'avaient pas été taillés par la main de l'homme. Sans la persévérance de Lomfor, ils seraient aussitôt remontés à la surface.

Soudain le tunnel s'arrêta, et ils débouchèrent dans une salle aux dimensions fabuleuses. Il leur fallut un moment avant de réaliser ce qui s'y passait. Alors Rhâakzi, Lomfor, Brunhof et Assim, quatre guerriers parmi les plus courageux des Voyageurs, sentirent leurs cheveux se dresser sur leur tête. L'horreur les paralysa.

Lomfor fut le premier à réagir :

— Tapez dans le tas, beugla-t-il en s'élançant avec sa hache, prenez tout ce qui vous tombe sous la main !

Le Nain et l'Elfe ramassèrent les pierres les plus grosses. Brunhof, lui, y alla à mains nues. Ensemble, ils se jetèrent contre l'Être, immonde et gigantesque, qui faisait face à Tessa, prostrée contre la paroi. Les tentacules du monstre encerclaient la jeune fille. Pâle comme la mort, celle-ci tremblait de tout son corps. Mais les crispations de son visage indiquaient qu'elle luttait encore, par la pensée.

— Non ! l'entendit crier Lomfor. Non, non et non, je ne vous donnerai jamais mes rêves. Je ne veux pas lire le futur !

— Courage, Tessa ! Nous sommes là ! répondit-il.

Sa hache trancha un tentacule.

Le Grand Être prit conscience de leur présence. Il poussa un mugissement terrible qui ébranla les fondations de la caverne.

Larania vit l'un des zombies, un colosse de l'envergure de Lomfor, s'avancer, un pieu tendu vers elle. Si les circonstances s'y étaient prêtées, elle aurait ri ! Le géant tenait l'arme du mauvais côté, la pointe orientée contre lui. Il titubait comme s'il était ivre. Elle n'eut aucun mal à le maintenir en arrière, doucement, comme l'on agit avec un enfant turbulent. Partout les mêmes scènes grotesques, malsaines, dérangeantes se répétaient.

– À quoi bon la magie, c'est de soins dont ils ont besoin !

La magicienne lança l'ordre de cesser le combat. Il fallait simplement partir et laisser là ces pauvres créatures qui leur avaient été envoyées. Celles-ci ne savaient pas se battre, ou alors, elles avaient oublié. Il y avait là des hommes dans un état pitoyable, le regard absent, le corps émacié.

Après quelques échanges meurtriers, les Voyageurs avaient compris que les malheureux ne présentaient aucun danger : ils avaient même du mal à tenir debout ! Les esclaves du Grand Être n'étaient mus que par sa propre volonté. Et celle-ci était déjà mise à forte contribution, car, à cet instant, Tessa affrontait le monstre et quatre puissants guerriers blessaient ses chairs.

La magicienne lutta contre la nausée.

– Septon ! Oliam ! Prenez les enfants avec vous et courez vers les collines, cria-t-elle à l'adresse de deux Elfes. Je couvre les arrières !

Puis elle héla quelques chevaliers afin qu'ils hissent Ôk, toujours inconscient, dans l'un des chariots. Peu après, ils emboîtaient le pas aux Voyageurs, pressés de fuir ce lieu d'épouvante qui avait failli être leur tombeau.

Derrière eux, les esclaves de la créature continuaient à avancer et à frapper au hasard, dans des gestes aussi vains que dérisoires.

Le monstre se tenait au-dessus de Tessa, hésitant, ne sachant où fixer son attention. D'un côté, il y avait les guerriers qui le meurtrissaient. De l'autre, la jeune fille qui le repoussait avec des pensées emplies de haine. Plus loin, à la surface, il peinait à diriger ses esclaves contre les Voyageurs. Il ne comprenait pas... Comment le contrôle des événements pouvait-il lui échapper, alors qu'il touchait au but !

– Non, répéta la jeune fille, quittant soudain sa transe. Allez-vous-en. Fuyez ce monde, ce n'est pas le vôtre. Partez !

L'Être ne bougeait pas, se contentant d'agiter ses appendices en tous sens. D'un ton plus résolu, Tessa poursuivit :

– Je ne veux pas de vous et de vos rêves. Partez !

Une plainte lugubre retentit alors dans la grande caverne. Tessa se remit debout et se planta devant la créature : elle savait désormais que sa volonté, son refus, blessaient l'Être venu du fond de l'univers tout autant que les coups des guerriers.

– Allez-vous-en. Je ne veux pas de vous ici. Vous êtes juste... monstrueux.

Le mugissement grimpa dans les aigus. Et la créature recula. Son mouvement ébranla le sol et des stalactites tombèrent du plafond. Cela fonctionnait, l'Être avait peur d'elle ! Remplie d'une joie furieuse, Tessa se mit à crier :

– Vos rêves puent. Je n'en veux pas. Moi, Tessa, détentrice du Grand Pouvoir, je vous ordonne de quitter ce monde.

– Tessa... reste avec moi !

La voix était maintenant pitoyable et ses accents déchirants envahissaient l'esprit de Tessa. Une vague de pitié submergea la jeune fille. Le monstre lui apparut soudain sous un autre jour. Après tout, il ne faisait que tenter de survivre. Certes, il avait causé beaucoup de mal, détruit des vies. Mais son monde avait été avalé par l'explosion de son soleil. Il avait traversé l'univers et il était venu s'échouer là, sur cette toute petite planète. Il y avait passé des millénaires enfoui sous des tonnes de roche. Ses seuls rêves n'avaient été tournés que vers la « re-création » de sa planète. Oui, c'était un être misérable…

Un appel attira l'attention de l'adolescente.

– Tessa ! Vite ! Il faut fuir cet endroit, tout va s'écrouler.

La princesse hésita, toujours sous l'emprise de la pitié.

– Grand Être, je suis désolée. Je dois partir. Je ne peux rester avec vous. Ce monde n'est pas le vôtre. Abandonnez-le, avec ce qui vous reste de force.

L'immense créature continuait à reculer en se tortillant de façon grotesque. Tessa se sentit soudain soulevée en l'air. Le barbare la jeta sur son épaule et, suivi de ses compagnons, s'engouffra dans le tunnel par lequel ils étaient arrivés. Derrière eux, les mouvements du monstre s'intensifièrent. La roche éclatait et de gros blocs de pierre chutèrent. Des profondeurs de la terre naquit un sourd grondement faisant vibrer le sol sous les pas des Voyageurs. Bringuebalée au rythme de la course de Lomfor, la princesse écoutait ces bruits et en avait le cœur déchiré. Elle sentait que ce n'était pas de la colère, juste du chagrin et du désespoir. Elle ferma les yeux et tenta de trouver, par la seule force de ses pensées, l'esprit du Grand Être. Mais elle n'était pas Viq et sa pensée ne fit que l'effleurer. Ce qu'elle sentit la remplit de terreur et de tristesse.

Vaincue, la créature se mourait et elle n'avait plus qu'une seule idée, celle que lui avait suggérée – ou ordonnée – Tessa : quitter ce monde, rejoindre les étoiles.

– Pas maintenant ! hurla la princesse. Pas tout de suite ! Nous sommes trop près !

– Quoi ? Que dis-tu ? demanda Lomfor.

– Rien ! Cours, cours aussi vite que tu le peux. Nous risquons d'être engloutis !

Lomfor accéléra le pas et Tessa perdit définitivement le contact avec l'esprit du Grand Être. Aveuglé, celui-ci se débattait avec ses propres cauchemars et sa prison de pierre. Le restant de ses forces passait dans ce combat.

Tessa ne savait pas depuis combien de temps ils erraient dans ces souterrains. Elle dut refermer les yeux car les secousses du sol et les soubresauts produits par la fuite de Lomfor lui donnaient mal au cœur. Ahans des Voyageurs, grondements, lueur bleuâtre de l'humus se reflétant dans des flaques d'eau… Tout se mit à tourner. Tessa, terrassée par ce qu'elle avait vécu, s'évanouit.

La princesse reprit connaissance à la lisière de la forêt, à quelques centaines de mètres du Lac. Ils étaient à l'air libre. Ses compagnons, allongés sur le sol, tentaient de retrouver leur souffle.

Tessa remarqua la couche de nuages blancs qui voilait le ciel. Le tremblement de terre agitait la surface du Lac de grosses vagues. Tout autour, sur les flancs de la colline, des arbres tombèrent. Lomfor se releva d'un bond.

– Avançons encore. Il faut quitter cet endroit avant qu'il…

Il y eut comme une détonation souterraine, suivie aussitôt d'un déchirement assourdissant. Le séisme stoppa dans l'instant. Puis le Lac commença à s'affaisser sur lui-même. Une première onde passa, puis une deuxième. À la troisième, la vague éclaboussa les cinq Voyageurs. Un tourbillon se forma au centre du Lac.

– Debout ! hurla Lomfor.

C'était trop tard. La fabuleuse masse de l'Être émergeait de l'eau. Le fracas des flots était effroyable, plus fort que le bruit simultané d'une dizaine de cascades géantes.

Les compagnons furent pris de vertige.

C'était aussi grand que le Lac. Plus encore. Cela évoquait très vaguement un insecte ou un énorme ver, sans tête ni queue. L'aspect global était monstrueux, avec une peau brune aux taches d'une blancheur maladive. Tout autour de la créature, des centaines d'appendices aveugles s'agitaient au hasard, certains mesurant plusieurs dizaines de mètres. Le déplacement d'air provoqué par la bête atteignit les Voyageurs et la puanteur les força à se boucher le nez. Brunhof saisit la hache de Lomfor.

– Fuyez ! ordonna-t-il. Prenez soin de la princesse.

Le barbare le regarda, interdit.

– Tu es fou ? Tu as vu la taille de cette bête ?

– Je n'ai pas dit que j'allais la tuer. Je veux juste la retenir, le temps que vous sortiez d'ici.

Rhâakzi et Assim relevaient l'adolescente étourdie. Elle ne parvenait pas à se tenir sur ses jambes. Lomfor tenta de convaincre le chevalier de l'inutilité de sa tâche. Devant le refus de celui-ci, le géant lui saisit l'avant-bras et lui souhaita bonne chance. Rhâakzi salua Brunhof en s'inclinant brièvement.

— Je t'aurais accompagné, guerrier, si ma hache était avec moi !

L'autre rit :

— Penses-tu ! Il faudrait que tu montes sur une échelle pour atteindre la Bête !

Brunhof s'en fut combattre le Grand Être qui n'en finissait pas d'émerger du Lac. Tessa voulut les prévenir, mais ils ne l'écoutèrent pas : la créature ne souhaitait pas se battre, elle s'en allait ! Lomfor chargea à nouveau la princesse sur son épaule et ils coururent de toutes leurs forces pour gagner les collines.

Tandis que l'Être s'élevait au-dessus de l'étendue d'eau qui l'avait abrité pendant tant de siècles, l'illusion de paysage qu'il avait fabriquée commença à s'estomper.

La créature était déjà haut dans le ciel mais certains de ses tentacules traînaient encore par terre, d'autres n'étant même pas sortis de l'eau. Brunhof s'acharnait sur l'un d'eux, tailladant une peau plus dure que le bois, lorsqu'il s'arrêta, pris de vertige. Le chevalier eut la nette impression que là-bas, les arbres s'effaçaient. Déconcerté, il frappa dans le vide. Le tentacule qui oscillait dangereusement le heurta de plein fouet. À demi assommé, le guerrier s'effondra.

Il chercha à tâtons la hache, mais le tentacule l'ignora. Il continuait à monter, comme cent autres, à la suite du Grand Être.

Brunhof vit le rouge et le vert de la végétation disparaître. Les beaux feuillages s'affaissèrent, les troncs géants se racornirent. À leur place, d'horribles tortillons de ronces apparurent. La douce herbe, qui avait tant réjoui les pieds et les yeux des Voyageurs, se transforma en une boue immonde, noire et collante. Tandis que la créature quittait ce monde, un vent humide et froid se leva. Une fantastique marée de nuages zébrés d'éclairs emplit l'horizon, au nord, à l'est, au sud et à l'ouest. Les mugissements du monstre se confondirent avec ceux des tempêtes.

Brunhof poussa un cri de terreur et se redressa. Il glissa, retomba, se remit à quatre pattes. Abandonnant la hache, il s'enfuit vers les collines sans prendre garde aux ronces qui réduisaient ses haillons en lambeaux.

Parmi tous les humains qui avaient vécu là, ceux qui y avaient passé le plus de temps sentirent le pouvoir de la créature les quitter. Ce n'était nullement douloureux, car ils n'étaient vivants que par la pensée. Simplement, leurs yeux et leur langue se desséchèrent, leur peau devint poussière et cette poussière rejoignit la boue du Lac. La folie et l'horreur s'emparèrent des autres, ceux qui n'avaient habité ici que quelques semaines. Leur souffrance fut grande car ils surent alors que ce paradis n'était qu'un leurre.

Le Grand Être n'était plus qu'un gros point dans le ciel, traînant dans son sillage des cascades d'eau et ses longs appendices. Il était aveugle mais il sut que son précieux Lac, ses belles forêts et les peuples qu'il avait séduits n'étaient plus. Il beugla encore, se débattit contre l'attraction de la planète qui le retenait ici-bas. Mais la créature ne pouvait pas rester. On l'avait blessée, rejetée. Il lui fallait repartir dans les étoiles. Et mourir, sans doute, avant d'atteindre l'une d'entre elles. Les nuages masquèrent le Grand Être.

Par la suite, plus rien ne poussa dans la vallée du Lac. Il n'y eut que les orages d'été et les longues tempêtes d'hiver pour s'ébattre là ; monstres, animaux ou humains, personne ne souhaita approcher ce marécage noir, mort et puant.

Epilogue

Il pleuvait. Il pleuvait et cela durait depuis deux jours.

Les Voyageurs cheminaient lentement et tristement parmi les collines sauvages et leur végétation décharnée, mais personne aujourd'hui ne se plaignait. Tous les compagnons gardaient en mémoire l'horreur des événements qui avaient eu lieu quatre jours auparavant : le bouleversement du paysage, les tempêtes quasi surnaturelles qui avaient suivi, la prise de conscience de ce à quoi ils avaient échappé... Ils étaient en état de choc. Le retour de l'automne et de sa froide humidité avait été accueilli avec soulagement.

Tessa regarda Ôk qui la veillait et se remémora les épreuves qu'ils avaient traversées avant de tomber sous le charme des Serviteurs. La haine des villageois, l'attitude de Brunhof, la mise à l'écart de Ôk, tout cela lui semblait s'être déroulé des années plus tôt. La jeune fille était pourtant optimiste : l'attitude des Voyageurs montrait qu'ils avaient redonné leur confiance

au dragon. Larania et Elmin avaient présenté leurs excuses. Ôk les avait acceptées. Tessa sourit au dragon. Celui-ci se méprit et lui demanda d'une voix enrouée :
— Comment te sens-tu ?
— Bien, Ôk, bien.

La princesse, allongée dans l'un des chariots, était encore beaucoup trop faible pour marcher en tête de cortège, aux côtés de Lomfor. Tessa oscillait toujours entre deux mondes. Celui des vivants, auquel elle appartenait – cela, elle en était sûre. Et celui, bouleversant et terrifiant, du Grand Être. Les images qu'il avait placées dans son esprit la hantaient. Elle désespérait de s'en séparer un jour. Elle avait brièvement évoqué à ses amis ce qui s'était passé dans la caverne, alors qu'ils faisaient une halte après plusieurs heures d'une course effrénée. Ils n'avaient pas compris grand-chose, excepté l'essentiel : ils venaient d'échapper à un péril pire que la mort grâce à Tessa. À part Ôk, Larania et peut-être Elmin, ils ne voulurent pas la croire lorsqu'elle leur dit que l'Être n'était pas mauvais. Que c'était juste un étranger, comme eux, qui avait tenté de reconstruire son propre monde. Non, les Voyageurs n'étaient pas prêts à entendre ce qu'elle avait vécu.

Tessa soupira. Elle s'ennuyait, ainsi allongée à ne rien faire. Elle aurait aimé se rendormir mais elle avait peur de rêver. L'adolescente eut une pensée pour l'Être. Elle se demanda s'il avait survécu à son envol, s'il flottait à nouveau, libre, entre les étoiles. De tout son cœur, elle l'espéra.

Soudain, un cri retentit derrière le chariot. Quelqu'un venait de glisser et de tomber dans la boue. Un mauvais ricanement s'éleva alors. C'était Brunhof.

– Les choses ont l'air d'être rentrées dans l'ordre, n'est-ce pas ? ironisa Tessa.

Le dragon hocha la tête :

– Je crois bien que oui. Même Brunhof est redevenu lui-même. Hélas…

Et les deux amis partirent dans un grand rire.

Au-dessus d'eux, les nuages s'épaissirent et la pluie redoubla.

Direction éditoriale : Christophe Savouré
Direction artistique : Danielle Capellazzi

© 2003 Groupe Fleurus
Dépôt légal : septembre 2003
ISBN 10 : 2 215 05230-9
ISBN 13 : 978 2 215 05230-9
Composition : Express Compo
Achevé d'imprimer en novembre 2005
sur les presses de l'imprimerie Legoprint en Italie
3e édition - N° d'édition : 92536
Loi n° 49-956 du 16 juillet 1949 sur les publications
destinées à la jeunesse.